Bianca™

Catherine George
El enigmático griego

HARLEQUIN™

Editado por HARLEQUIN IBÉRICA, S.A.
Núñez de Balboa, 56
28001 Madrid

© 2013 Catherine George. Todos los derechos reservados.
EL ENIGMÁTICO GRIEGO, N.º 2244 - 17.7.13
Título original: The Enigmatic Greek
Publicada originalmente por Mills & Boon®, Ltd., Londres.

I.S.B.N.: 978-84-687-3146-9
Depósito legal: M-13754-2013
Editor responsable: Luis Pugni
Fotomecánica: M.T. Color & Diseño, S.L. Las Rozas (Madrid)
Impresión en Black print CPI (Barcelona)
Fecha impresion para Argentina: 13.1.14
Distribuidor exclusivo para España: LOGISTA
Distribuidor para México: CODIPLYRSA
Distribuidores para Argentina: interior, BERTRAN, S.A.C. Vélez
Sársfield, 1950. Cap. Fed./ Buenos Aires y Gran Buenos Aires,
VACCARO SÁNCHEZ y Cía, S.A.

Capítulo 1

SU ISLA llevaba muchos siglos en esa parte remota del mar Egeo. Antes incluso de la Edad de Bronce, los minoicos habían buscado refugio allí tras salir huyendo de Creta. Normalmente, Alexei Drakos disfrutaba de la paz de su isla, pero ese día era distinto.

Contempló la vista desde su despacho en el *kastro*, el castillo que había rehabilitado para su uso. Se sentía inquieto, casi atormentado, por algo que le resultaba desconocido. No quería pensar que fuera soledad lo que estaba sintiendo. En ese momento, llegó un barco al muelle de la isla vecina. Sabía que iría cargado de turistas.

Muchos de ellos iban a visitar su isla al día siguiente, las hogueras arderían en esas playas para celebrar la fiesta de San Juan y los visitantes acudirían en tropel para vivir allí el festival anual. El punto culminante de la fiesta sería el famoso Baile del Toro. Su origen se remontaba a la antigüedad, a los tiempos de los minoicos. A pesar de la invasión que suponía la fiesta, le merecía la pena sacrificar su privacidad al menos un día al año. Los isleños, que antes vivían de la pesca en Kyrkiros, habían podido cosechar grandes beneficios desde que Alexei decidiera celebrar el festival. Los turistas pagaban una cuota de entrada, comían allí, compraban la artesanía local y probaban sus aceitunas, su miel y el vino de sus viñedos. Cuando volvían a sus casas, tenían la posibilidad de comprar esos mismos productos locales y artesanos gracias a la página web que había creado con ese fin.

De repente, cansado de su propia compañía, salió del despacho y bajó por las antiguas y sinuosas escaleras hasta la moderna cocina, en la planta baja del *kastro*.

—Debería haberme avisado, *kyrie* –lo regañó su ama de llaves mientras le servía un café–. Podría habérselo subido yo misma.

Alexei negó con la cabeza mientras tomaba uno de los pasteles que le ofrecía.

—No. Gracias, Sofia. Sé que hoy estás muy ocupada.

La mujer le sonrió con cariño.

—Nunca estoy demasiado ocupada para usted, *kyrie*. Ya está casi todo listo para mañana. Ángela y sus hijas han hecho unos trajes maravillosos para los bailarines.

—Siempre lo hacen –añadió él mirando con una sonrisa a las otras mujeres.

Hacían cada año los trajes tradicionales para los bailarines. Estaban basados en diseños copiados de los antiguos frescos que habían encontrado en el *kastro*.

Sofia sonrió cariñosamente al ver entrar a su hijo en la cocina.

—¿Está todo listo, Yannis? –le preguntó Alexei al muchacho.

—Sí –dijo el joven asintiendo con entusiasmo–. ¿Quiere comprobarlo usted mismo, *kyrie*?

—De acuerdo –le dijo Alex terminándose el café.

Habían instalado coloridos puestos cerca de la playa. Más arriba, en la plataforma natural de la colina, estaba la terraza. Allí iban a bailar los artistas y habían colocado mesas bajo una pérgola para que los turistas estuvieran protegidos del sol. Saludó a los hombres que trabajaban allí.

–Está todo perfecto –les dijo.

Después de comprobar que todos los carteles informativos estaban en su lugar, volvió a su despacho en el *kastro*, usando esa vez el moderno ascensor que había mandado instalar allí para poder hacer el ático habitable. Su teléfono sonó y sonrió al ver quién era.

–Cariño –le dijo una voz dulce–. Estoy cansada y sedienta. Acabo de llegar al embarcadero.

–¿Qué? –repuso atónito–. Quédate allí. Ahora mismo voy.

Apretó otro botón en el ascensor para volver a bajar. En cuanto se abrieron las puertas, salió corriendo del *kastro* y fue al muelle principal. Allí lo esperaba una mujer con una luminosa sonrisa y los brazos abiertos.

–¡Sorpresa! –exclamó ella.

–¡Una sorpresa maravillosa! –añadió él abrazándola durante un buen rato–. ¿Pasabas por aquí?

Talia Kazan se echó a reír.

–¿Que si pasaba por aquí? –repitió riendo–. ¡Llevo tanto tiempo viajando que ya ni siquiera sé qué día es hoy!

Alexei le hizo un gesto a Yannis para que lo ayudara con las maletas.

–No te hagas la tonta, mamá. Sabes perfectamente qué día es hoy.

Ella se encogió de hombros.

–¿Quién iba a saberlo mejor que yo? Tuve de repente el capricho de ver a mi hijo, así que hice las maletas y me vine para aquí. ¿Estás contento?

–¡Por supuesto! ¡Estoy encantado! Pero te has arriesgado, podría no haber estado aquí.

–No soy tonta, cariño. Avisé antes a Stefan para asegurarme de que estarías aquí. Me dijo que ibas a venir solo, como de costumbre –comentó algo triste–. Deberías haber traído a alguien.

–Si te refieres a una mujer, las que conozco prefieren los placeres más sofisticados de la ciudad, madre. Este tipo de festivales antiguos en una isla remota no va con ellas.

–Entonces invita a alguien con más interés por la cultura. Ya es hora de que te olvides de mujeres como Christina Mavros y encuentres a una mujer de verdad.

Se encogió de hombros. No quería discutir con su madre.

–¿Por qué no te ha traído Takis en su barco?

–Estaba muy ocupado con los huéspedes que llegaban ahora a su hotel. Un joven muy amable me aseguró que sería un placer traerme a Kyrkiros para que no tuviera que hacerlo Takis.

–¿De quién se trata? –le preguntó Alexei algo preocupado.

–No sé. El motor hace tanto ruido que no escuché bien su nombre –dijo ella–. ¿Podemos ir ya a casa? Necesito que Sofia me haga un café.

Sofia y el resto de sus empleados los esperaban en la puerta de la cocina con grandes sonrisas y les faltó tiempo para saludar a «*kyria* Talia» y ofrecerle café, vino, pasteles o cualquier cosa que pudiera desear.

Una de las recién llegadas a la isla vecina de Karpyros sintió una oleada de emoción al enfocar sus prismáticos. A esa distancia, no podía estar segura, pero a Eleanor Markham le dio la impresión de que el hombre que vio abrazando a una rubia era el propio Alexei Drakos, el exitoso empresario, conocido mundialmente por su odio a los medios de comunicación.

Se guardó los prismáticos cuando llegó su almuerzo y le dio las gracias con una sonrisa al joven camarero. Durante el tiempo que llevaba trabajando en esas islas, había conseguido aprender un poco de griego, lo suficiente para manejarse mientras escribía una serie de artículos de viaje sobre las islas menos conocidas de Grecia.

Era el encargo más importante que le habían hecho nunca. Su jefe le había dado permiso para hacerlo, pero había esperado hasta el último momento para decirle que debía conseguir una entrevista con Alexei Drakos como parte del trato.

–Desde lo que le pasó con Christina Mavros hace unos meses, se ha mantenido muy al margen de la vida social, pero sabemos que siempre visita su isla en junio. No hay alojamiento allí, así que reserva una habitación en otro sitio –le había dicho Ross McLean con una sonrisa–. Y ponte algo sexy para intentar sacar al león de su guarida.

–Su apellido, Drakos, significa «dragón», no «león» –le había contestado ella–. Y lo de vestir sexy no va conmigo, lo siento.

Al salir de su despacho, Eleanor le había oído murmurar algo acerca de las chicas universitarias que pensaban que lo sabían todo y había decidido ignorarlo. Sabía que era imposible conseguir trabajo como reportera sin un título universitario. Ella había trabajado muy duro para adquirir experiencia y para estudiar, además, fotografía. Era algo que le había resultado muy útil a la hora de conseguir un trabajo con Ross McLean, que había visto en ella la oportunidad de ahorrarse los gastos de un fotógrafo que la acompañara en sus viajes.

Ahora que por fin tenía a su presa a la vista, casi literalmente, sintió un nudo en el estómago. Le preocupaba cómo iba a conseguir la primicia que tanto deseaba su jefe.

No sabía cómo iba a hacerlo, pero estaba decidida a conseguirlo, aunque solo fuera para demostrarle lo que una chica universitaria como ella podía hacer. Pensó que quizás fuera su día de suerte y el solitario señor Drakos estuviera de buen humor al tener por fin la compañía de esa rubia que con tanto cariño parecía estar abrazando.

Pero Alexei Drakos era famoso por evadir siempre a los periodistas, incluso antes de que una de sus examantes, furiosa con él, revelara a la prensa todo tipo de detalles sobre su relación.

Lo que no sabía era quién podía ser la mujer que le había visto abrazar en el puerto. Había indagado todo lo que había podido, pero no había conseguido demasiada información sobre la vida privada de ese hombre. Solo sabía lo que Christina Mavros había dicho de él. En cuanto a su vida profesional, sabía que había tenido mucho éxito y que lo había empezado a cosechar antes incluso de terminar sus estudios, cuando había conseguido desarrollar algún tipo de genial *software* tecnológico. Unos años después, ya como empresario, había ido invirtiendo su dinero de manera muy inteligente, en productos farmacéuticos, bienes inmobiliarios y en empresas tecnológicas. Había aprendido además que era un hombre solidario que dedicaba gran parte de su tiempo y fortuna a fines filantrópicos, pero no había podido descubrir nada más sobre el hombre que se escondía tras el personaje público.

El hijo del dueño de la taberna corrió hacia ella cuando vio que se levantaba y le ayudó a llevar el equipaje hasta uno de los pequeños apartamentos que había alquilado. Petros dejó su equipaje en el interior y ella le dijo que iría a cenar esa noche a la taberna.

–Entonces le reservaré una mesa, *kyria*. Porque habrá mucha gente cenando esta noche allí. El festival es ya mañana –le dijo el joven.

Sabía que Petros no se equivocaba y que el lugar estaría abarrotado de turistas que estaban deseando ir a Kyrkiros al día siguiente. No entendía por qué un hombre tan amante de su intimidad como Alexei Drakos abría la isla a todo el mundo, aunque fuera solo un día al año.

Estaba agotada. Decidió deshacer su equipaje y echarse una siesta.

Algo más descansada, se duchó y se puso unos pantalones vaqueros blancos y una camiseta negra algo escotada para lucir su bronceado.

Tal y como Petros le había advertido, la taberna estaba llena de turistas y lugareños. El joven salió a recibirla y la llevó hasta una pequeña mesa desde donde tenía una buena vista de Kyrkiros. Le sirvieron pan y aceitunas para que picara algo mientras esperaba el salmonete que había pedido. Llegó pocos minutos después, acompañado de una ensalada y media jarra de vino de la isla.

Le dio las gracias a Petros por ser tan servicial.

—¿El Baile del Toro es solo para hombres? —le preguntó ella después.

—No, en la *taurokathapsia* también bailan mujeres. Disfrute de su comida, *kyria*.

Eleanor miró las luces de la otra isla en la distancia y pensó en Alexei Drakos. Suponía que no debía de agradarle que los turistas invadieran su territorio al día siguiente, pero al menos tenía a su lado a esa mujer rubia con la que lo había visto para levantarle el ánimo. No tenía constancia de que tuviera ninguna relación sentimental en esos momentos.

Investigando la vida de ese hombre antes del viaje, había descubierto que su madre había sido una de las modelos fotográficas más famosas de su época. La carrera de Talia Kazan había sido breve. Su rostro exquisito no había vuelto a aparecer en las portadas de las revistas tras su boda con Milo Drakos. Sabía además que Alexei no tenía ninguna relación con su padre. No sabía por qué, pero estaba deseando descubrirlo.

Al salir de la taberna, Eleanor felicitó al propietario por la cena. Le dijo que bajaría a comer al día siguiente y confirmó con él que le habían reservado un barco para poder acercarse a Kyrkiros. Cuando llegara, quería disfrutar de la fiesta, hacer muchas fotografías y sentarse a observarlo todo desde la mesa que había reservado para ver el baile. Esperaba además tener ocasión de ver a Drakos.

Volvió a su apartamento y encendió su ordenador portátil para intentar descubrir más cosas. Volvió a leer el artículo de Christina Mavros, la joven de la alta sociedad cretense que no había conseguido casarse con Alexei Drakos. Frustrada y dolida, se había vengado contando todo tipo de cosas sobre Drakos.

Siguió buscando información y encontró una fotografía del padre de Alexei. Su corte de pelo, sus rasgos y su gesto serio lo hacían parecer alguien a quien no querría tener como enemigo.

Cuando se despertó tarde al día siguiente, se preparó un café para tratar de despejarse. Tenía mucho que hacer.

Después de la ducha, siguió las instrucciones de Ross McLean y se puso un vestido en vez de sus habituales pantalones vaqueros. Aunque sabía que ese vestido no era el tipo de prenda que su jefe había tenido en mente cuando le pidió que se mostrara sexy. Era sencillo y tan cómodo como una camiseta, pero al menos mostraba sus piernas bronceadas por el sol de Grecia.

Más tarde, en la taberna, disfrutó del almuerzo mientras observaba las embarcaciones de todo tipo dirigiéndose ya a la otra isla. Cuando Petros se acercó para decirle que su barco la esperaba, el sol era tan fuerte que le alegró llevar consigo gafas y un buen sombrero para protegerse durante el viaje. No podía evitarlo, tenía un nudo en el estómago y le encantaba la idea de poder por fin visitar aquella isla escarpada y rocosa, dominada por un antiguo *kastro*. A pocos metros del muelle de la otra isla, aspiró profundamente y le llegaron los aromas a romero y lavanda que tanto abundaban por las islas griegas. También podía oír música y voces. Había un ambiente muy festivo por todas partes.

Le dio las gracias al barquero cuando la dejó en el muelle y le dijo a qué hora quería que fuera a buscarla esa noche. Después, se puso a trabajar, haciendo fotografías de las casas que se agrupaban en torno al *kastro*. Había otras viviendas por encima del antiguo edificio fortificado, a lo largo de senderos que subían hasta la cumbre más alta de la isla, donde había una blanca iglesia con una cúpula azul que brillaba bajo el sol. Cuando terminó de hacer las fotografías, se abrió paso entre la multitud hasta la mesa que había reservado bajo la pérgola principal. Los músicos estaban tocando al otro lado de la terraza. Petros le había dicho que la atracción principal sería por la noche, cuando encendieran las hogueras para contemplar el famoso Baile del Toro. Miró el escenario con recelo. Había visto fotos de los frescos de Creta que representaban a bailarines dando volteretas sobre un toro. Le daba la impresión de que allí no había manera de frenar a un toro si decidía escaparse. Le preocupaba mucho esa posibilidad.

Pero se olvidó de los toros cuando se abrieron las puertas del *kastro* y salieron tres personas. Vio que bajaban los escalones hasta la terraza. De los dos hombres del grupo, le quedó muy claro quién era el rey de ese castillo. Alexei Drakos estaba sonriendo a la mujer que los acompañaba y vio entusiasmada que se trataba de Talia Kazan. Seguía siendo una mujer muy hermosa que llevaba con elegancia sus años. Después de todo, la rubia a la que lo había visto abrazado el día anterior no era otra amante más, sino su madre. Llevaba un elegante vestido azul y un gran sombrero de paja.

El hijo también había conseguido sorprenderla. Su cabello, algo rizado, era un poco más oscuro que el de su madre, pero también era rubio. Por algún motivo, se había imaginado que sería moreno. Su rostro tenía rasgos muy marcados, como si estuvieran tallados en mármol. Era muy masculino y tan atractivo como su padre. Era ancho de hombros y, a pesar de los pantalones de lino y la camisa blanca que llevaba, le pareció adivinar fuertes músculos. Se dio cuenta de que Alexei Drakos era un magnífico ejemplo de virilidad en todos los sentidos.

Lo observó fascinada mientras se acercaba con su madre a mirar los puestos del mercado. Vio que se detenía para hablar con todos los vendedores.

Tomó algunas fotos de Alexei con su madre desde su mesa y también del resto de la gente, paseando bajo el cálido sol.

Cuando terminó, guardó la cámara y se levantó para mirar los puestos. Quería comprar algunos regalos y recuerdos de su viaje. Encontró unas tallas de madera que le iban a encantar a su padre y un cuadro pequeño, exquisitamente bordado, que sería perfecto para su madre. Sintió cierto pesar al ver los puestos con vasijas de cerámica y cobre. Era demasiado difícil transportarlos de vuelta a casa.

Vio poco después un puesto de joyas que le encantó. Se concentró en las bandejas con artículos pequeños y más asequibles. Uno de ellos le llamó especialmente la atención. Tenía que comprarlo.

–Es una copia de un antiguo adorno minoico –le dijo el vendedor–. ¿Le gusta?

Era un toro de cristal que podía colgar de su pulsera. Le gustaba mucho.

—¿Cuánto? –le preguntó ella.

Cuando le dijo el precio, sacudió la cabeza con pesar. El hombre le dijo algo en griego para tratar de convencerla, pero no entendía nada. Solo se interrumpió cuando llegó alguien que le preguntó a ella en griego si necesitaba ayuda. Fue entonces cuando se dio cuenta de que necesitaba ayuda de verdad. Su principal problema en ese momento era tratar de recuperar el aliento y la capacidad para hablar. Porque se había quedado con la boca abierta al ver que era el mismísimo Alexei Drakos quien le hablaba.

—No hablo el suficiente griego para regatear con el vendedor –le dijo ella en inglés.

—¡Ah! De acuerdo. Permítame a mí.

Habló rápidamente con el hombre del puesto y se volvió después para mirarla con una sonrisa que la dejó de nuevo sin aliento. Nombró entonces el nuevo precio, que estaba dentro de sus posibilidades.

—¡Muchísimas gracias! –exclamó ella mientras contaba el dinero.

—Dice el vendedor que lo puede enganchar a su pulsera si se la deja aquí –le explicó Alexei después de hablar con el otro hombre.

—Gracias –contestó Eleanor mientras se quitaba su pulsera de oro y se la entregaba al vendedor.

—Le he dicho que se la lleve cuando termine –le dijo Alexei–. ¿Tiene una mesa?

Eleanor asintió con la cabeza sin decir nada. No podía abrir la boca, se sentía completamente hipnotizada.

—Alexei *mou*, te he oído hablar en inglés –comentó la madre del empresario acercándose a ellos dos–. ¿No vas a presentarme a esta joven?

Él sonrió.

–Bueno, no puedo hacerlo, mamá. Acabo de conocerla yo también.

–Entonces, haré yo misma las presentaciones. Soy Talia Kazan y este es mi hijo, Alexei Drakos.

Su acento era fascinante, más pronunciado que el de su hijo, que hablaba un inglés muy correcto.

–Y yo soy Eleanor Markham –repuso ella sonriendo–. ¿Cómo está?

–Encantada de conocerla. ¿Está aquí con amigos? –le preguntó la señora.

–No, estoy viajando sola.

–Entonces, ¿le importaría acompañarme a tomar una copa? –le sugirió Talia.

No podía creerlo. Sonrió feliz.

–Me encantaría. ¿Quiere venir a mi mesa? –le preguntó Eleanor.

–Ahora envío a alguien –les dijo Alexei.

Vio que se alejaba para hablar con un camarero.

Talia le dedicó a Eleanor la sonrisa que la había hecho famosa.

–Estoy encantada de tener compañía. Alex está muy ocupado hoy.

–¿Está aquí solo para el día del festival o se va a quedar en Karpyros? –le preguntó la madre de Alexei mientras se sentaban.

Eleanor le explicó lo que hacía en las islas griegas y vio que Talia la miraba de repente con sus ojos violetas llenos de suspicacia.

–¡Es periodista!

–Sí, pero no trabajo para ninguna revista del corazón. Escribo sobre viajes, así que no voy a aprovecharme de haber tenido el gran honor de conocer a la famosa Talia Kazan.

La mujer se encogió de hombros al oír sus palabras.

–Hace mucho de aquello, ya no soy famosa.

–Pero apenas ha cambiado –le dijo Eleanor con sinceridad.

–¡Es muy amable! Entonces, ¿está aquí para escribir sobre el festival?

Eleanor asintió con la cabeza, esperaba que la otra mujer no dudara de ella. Se dio cuenta de que era mejor no revelarle que su principal objetivo era conseguir una entrevista con Alexei Drakos.

–Hacía mucho que no venía a la celebración del festival –le dijo Talia–. Pero Alex siempre hace un hueco en su apretada agenda para estar aquí, así que tuve el impulso repentino de venir sin decirle nada y darle una sorpresa.

–¡Debe de haberle encantado!

–Afortunadamente, creo que sí se alegró de verme. Y eso que no a todos los hombres les gusta recibir la visita sorpresa de su madre –le dijo Talia sonriendo al ver que llegaba el camarero con vasos, botellas de agua mineral y zumos–. *Efcharisto*, Yannis –le agradeció la señora al camarero en griego.

–Bueno, ¿por qué no me cuenta entonces qué hace aquí?

Eleanor le describió las islas menos conocidas que había estado visitando esos días para escribir una serie de artículos.

–Y hago yo misma las fotografías, así que suelo viajar siempre yo sola.

–Pero seguro que tiene a alguien en el Reino Unido que espera con impaciencia su regreso, ¿no? –le preguntó la mujer con curiosidad.

Eleanor sacudió la cabeza sonriendo.

–El único que espera con impaciencia mi regreso es mi jefe. Pero tengo la suerte de tener muy buenos amigos. Además, también tengo allí a mis padres.

–Yo también tengo suerte en ese sentido. Mi hijo es un hombre muy ocupado, pero siempre hace tiempo para verme. ¿Vive en casa con sus padres?

Antes de que Eleanor pudiera contestar su pregunta, se les unió Alexei Drakos.

–Siéntate un momento con nosotras –le pidió su madre.

–No puedo –repuso él–. Stefan me acaba de decir que he de hacer unas llamadas bastante urgentes. Señorita Markham, ¿le han devuelto ya su pulsera? –le preguntó mirándola a ella.

–No, todavía no.

–De acuerdo, voy a hablar con ese hombre para que se dé prisa –le dijo.

Volvió a dejarlas solas.

–Siempre está tan ocupado, todo el mundo quiere algo de él y no lo dejan tranquilo ni siquiera aquí, en su lugar de descanso. Aunque la verdad es que Stefan, su asistente, hace todo lo posible por quitarle trabajo al menos este día.

–Ya me he dado cuenta de que esta fiesta es muy importante para él –le dijo Eleanor.

–Sí. Y para mí, también –señaló Talia.

Se les acercó entonces un chico a la mesa con un paquete en la mano.

–Supongo que eso es para mí –le dijo Eleanor.

Sacó la pulsera del paquete y contempló el toro de cristal.

–*Efcharisto* –le agradeció Eleanor al chico mientras le daba una propina–. Era algo caro, pero no pude resistirme. Sobre todo después de que su hijo fuera tan amable como para regatear con el vendedor –agregó mostrándole el adorno de la pulsera.

Talia se inclinó para examinarlo.

–Es exquisito y un buen recuerdo de su visita a Kyrki-ros.

Eleanor se puso la pulsera.

–Bueno, ya está. Ningún capricho más para mí durante este viaje.

El ayudante de Alexei Drakos se les acercó entonces.

–Perdonen que las interrumpa, pero Sofia me ha dicho que la cena ya está lista, *kyria* Talia. La ha preparado un poco antes para no perderse la *taurokathapsia*.

–Por supuesto –repuso Talia levantándose–. Señorita Eleanor Markham, le presento a Stefan Petrides, el ayudante de Alexei en Atenas.

Stefan saludó formalmente a Eleanor.

–*Chairo poly*, *kyria* Markham –le dijo en griego.

–*Pos eiste* –repuso ella.

–No me gusta la idea de dejarla aquí sola, querida –le dijo Talia frunciendo el ceño–. Por favor, cene con nosotros.

Eleanor sonrió agradecida, pero negó con la cabeza.

–Es muy amable por su parte, pero no tengo apetito. He comido bastante al mediodía para no perderme nada del espectáculo de esta noche. Adiós. Ha sido todo un placer conocerla.

–Lo mismo le digo, Eleanor Markham. Aunque el día no ha terminado aún –le dijo Talia con una sonrisa mientras se alejaba con el secretario de Alexei.

Eleanor se quedó mirándolos unos segundos. Después, se volvió a sentar y empezó a escribir en su cuaderno sobre los eventos de esa tarde. Pocos minutos después, estaba tan absorta en lo que hacía que se sobresaltó cuando alguien golpeó con los nudillos la mesa de metal. Levantó la mirada sonriente y se encontró con Alexei Drakos mirando su cuaderno con suspicacia.

–A mi madre le preocupa dejarla aquí sola –le dijo

con frialdad–. Pero veo que está ocupada. Ya me ha dicho que es periodista.

Su sonrisa desapareció al oír sus palabras.

–Sí, es verdad. Soy periodista.

–Y supongo que en mi isla ha encontrado más información aún de la que buscaba, ¿no?

Se puso a la defensiva al ver que su presencia no parecía agradarle.

–Así es –le confesó ella.

–Escriba una sola palabra sobre mi madre y la demandaré –le dijo Alexei amenazadoramente.

Ella levantó orgullosa la cara.

–Estoy aquí solo para escribir sobre el festival. Pero, ya que me lo pide con tanta amabilidad, no diré nada en el artículo sobre mi encuentro con Talia Kazan. Aunque, si lo hiciera, estaría describiendo algo que ha ocurrido, así que no podría demandarme.

–Puede que no –dijo Alexei con sus fríos ojos clavados en ella–. Pero créame, señorita Markham, no sé para qué revista trabaja, pero podría encargarme de que la despidieran con tanta facilidad como la ayudé antes con el vendedor.

Alexei Drakos se alejó furioso de allí. No podía creer que hubiera tenido tan mala suerte como para que su madre hubiera hecho tan buenas amigas con esa mujer. Las declaraciones que Christina Mavros había hecho a la prensa sobre él le habían perjudicado mucho. Y, desde entonces, había evitado el contacto con cualquier mujer que no fuera su madre. Al menos hasta ese día, cuando una atractiva turista de sonrisa melancólica le había seducido lo suficiente como para que le ofreciera su ayuda cuando la vio perdida frente a uno de los puestos. Por desagracia para él, no solo era una mujer muy atractiva, sino además una periodista.

Eleanor se quedó mirándolo mientras se alejaba de ella. Acababa de darse cuenta de que no iba a conseguir entrevistar al hijo de Talia Kazan. Pero algo le decía que sí había descubierto cómo había hecho su fortuna ese hombre, le había parecido un hombre despiadado, capaz de pisar a cualquiera que se interpusiera en su camino.

Se sintió muy tonta. El encuentro casual con él había sido una de las experiencias más importantes de su vida, mientras que para Alexei ella no era más que un problema del que quería librarse cuanto antes, aunque para ello tuviera que amenazarla.

Miró a su alrededor. Ya estaban todas las mesas ocupadas. Los turistas comían, bebían y se reían. Había artistas animando a los comensales. Ese ambiente tan festivo solo estaba consiguiendo que se sintiera más sola y triste aún.

Era una situación que se daba a menudo en sus viajes. Y, hasta ese momento, nunca la había molestado. No podía evitarlo, estaba disgustada. Después de lidiar con el dragón de Kyrkiros, necesitaba tomar algo dulce. Se acercó a los puestos del mercadillo y compró un par de pasteles rellenos de miel y nueces. Cuando volvió a su mesa, vio que un muchacho la esperaba allí.

–*Kyria* Talia le envía esto –le informó el joven mientras señalaba la bandeja que había dejado en la mesa.

Eleanor sonrió cálidamente y le pidió que le diera las gracias de su parte a la señora Kazan. Se sentó y vertió un poco de té en una delicada taza de porcelana. Sonrió cuando lo probó. Era una mezcla de té muy del gusto de los británicos. Disfrutó mucho más de los pasteles que acababa de comprar con ese acompañamiento. Cuando terminó su merienda, ya se había hecho de noche y habían encendido las lámparas sobre la terraza.

Un cantante y un conjunto de músicos los deleitaba y ya se había recuperado casi del todo después de su desagradable encuentro con Alexei Drakos. No pudo evitar que todo su cuerpo volviera a tensarse cuando vio que ese hombre volvía a aparecer en compañía de su madre y se sentaban en una mesa al lado de la de ella. Le bastó con mirarlo de reojo para sentirse de nuevo furiosa. Estaba tan enfadada con ese hombre que le costó sonreír cuando vio que Talia le hacía una seña para que se acercara a ellos.

–Ven a sentarte con nosotros, Eleanor. El baile comenzará muy pronto.

–Es muy amable por su parte, pero no quiero imponerles mi presencia –dijo ella.

–¡Tonterías! ¿Por qué vas a quedarte ahí sola? Stefan traerá tus cosas.

Como no quería hacer una escena, aceptó la silla que Alexei Drakos le ofrecía para sentarse al lado de su madre. Ella le dio las gracias cortésmente y sonrió a Talia.

–Muchas gracias por el té. Era justo lo que necesitaba –le dijo Eleanor.

–¡Cuánto me alegro! Lo hice yo misma.

El resplandor de la sonrisa de Talia contrastaba con la expresión en el rostro de su hijo.

–Deja de mirarnos y siéntate con nosotras, Alexei *mou*. Tú también, Stefan –les pidió Talia a los dos hombres.

Todo el cuerpo de Eleanor se tensó y los músculos de su estómago se contrajeron cuando oyó el bramido de un toro desde algún lugar dentro del *kastro*. Era un sonido lo suficientemente fuerte como para hacerse oír por encima de la música y el ruido de la multitud.

–Parece que empezará pronto –comentó entusiasmada Talia.

Alexei miró a Eleanor.

–¿Está bien, señorita Markham? –le preguntó Alexei con sarcasmo.

–Sí, claro –mintió ella.

Pero contuvo el aliento, estaba muerta de miedo. Se quedaron en la oscuridad durante varios segundos. La tensión iba en aumento. De repente, se encendieron multitud de antorchas en la terraza y hogueras en la playa.

–Muy dramático todo, ¿verdad? –comentó Talia entusiasmada mientras tocaba con amabilidad la mano de Eleanor–. Querida, estás helada. ¿Te pasa algo?

–No, solo estoy algo nerviosa y excitada –le dijo Eleanor mientras miraba de manera desafiante a Alexei Drakos y sacaba su cámara–. Por el artículo que voy a escribir sobre esta fiesta.

–Puede tomar tantas fotografías de los bailarines como desee –le aseguró él.

Su mensaje no podía ser más alto ni más claro. Si se atrevía a hacerle una sola foto a su madre, se encargaría personalmente de echarla de su isla.

–Gracias –dijo ella.

Volvió a concentrarse en el escenario. Los músicos habían intercambiado sus instrumentos modernos por arpas y flautas que parecían piezas de museo. Comenzaron a tocar una música muy diferente. No se parecía a nada que hubiera escuchado antes y sintió que se estremecía. Su sangre comenzó a latir al compás de ese hipnótico ritmo.

Con gran dramatismo, se abrieron de golpe las grandes puertas del *kastro* y un estruendo de aplausos dio la bienvenida a los bailarines que salían de dos en dos, moviéndose al ritmo de los tambores. Al principio, Eleanor pensó que eran todos hombres, pero cuando los vio algo más cerca, a la luz de las antorchas, se dio cuenta de que algunos de ellos eran chicas. Ellas llevaban una banda de tela cubriendo sus senos. Los hombres llevaban el pecho al descubierto y todos lucían faldas cortas de gasa, brillantes joyas de oro, pelucas rizadas muy oscuras y sandalias de cuero con cintas atadas a sus pantorrillas.

A Eleanor se le olvidó de repente su enfado y se dejó llevar por todo aquello como si estuviera en trance. Toda esa escena parecía salida directamente de la pintura de algún jarrón antiguo, pero esas figuras estaban vivas y en movimiento. La procesión dio la vuelta al escenario. Después, los bailarines se alinearon en dos filas de cara a los invitados que los contemplaban desde la terraza. El líder del grupo de baile, un hombre muy musculoso y con los ojos pintados de negro, se adelantó para saludar a Alexei.

Eleanor se puso entonces en movimiento y comenzó a hacer fotografías en cuanto esos ágiles bailarines empezaron a bailar. Se tambaleaban al unísono, siguiendo una complicada y sinuosa coreografía que la tenía completamente fascinada. El baile se hizo más y más complejo y el ritmo de la música se fue acelerando. Se hizo más y más rápido hasta que sonó de repente el bramido de un toro a unos metros del escenario.

Las puertas del castillo se abrieron y salió la figura mítica del toro. La multitud enloqueció al ver la cabeza del poderoso animal, con ojos de cristal y feroces cuernos que portaba un musculoso cuerpo masculino.

Capítulo 2

ELEANOR se sintió tan aliviada al ver que el toro no era de verdad que tuvo que esperar a que sus manos dejaran de temblar para poder seguir haciendo fotografías.

Tomó la cámara y enfocó el objetivo en esa figura fantástica. Sonrió cuando vio que salía otro hombre al centro del escenario para hacer frente a la bestia. Era un espectáculo de fuerza y testosterona. Su musculoso y bronceado cuerpo contrastaba con su cara pintada y la peluca de dorados bucles. Representaba a Teseo, el heleno rubio que se enfrentaba al Minotauro.

Hizo unas cuantas fotografías más y dejó después la cámara para disfrutar del espectáculo. Teseo y el resto de los bailarines comenzaron a representar una danza alrededor de la figura principal. Se burlaban de él, provocándolo y apartándose rápidamente cuando el toro se lanzaba hacia ellos con sus fieros cuernos. Se quedó sin aliento cuando Teseo saltó sobre la espalda encorvada de uno de los bailarines para dar una voltereta en el aire y pasar sobre los cuernos del Minotauro. Aterrizó de pie, con la gracia y la habilidad de un gimnasta olímpico.

Dio después una serie de atléticos saltos que desafiaban por completo la gravedad, dando vueltas alrededor de la figura central, mientras que el Minotauro se abalanzaba sobre los bailarines transmitiendo su furia de manera muy gráfica.

El ritmo de los bailarines era hipnótico. Teseo bailaba lejos de los amenazantes cuernos. La música se hizo más y más frenética hasta que el baile culminó con otra voltereta impresionante de Teseo sobre la cabeza del toro.

El Minotauro se lanzó con tal ferocidad que el público no pudo suprimir un grito de sorpresa. Apareció de nuevo Teseo, esa vez con un hacha dorada en sus manos. La elevó en el aire y golpeó el cuello del Minotauro. Sonó entonces el grito angustiado de la criatura, que cayó lentamente de rodillas en el suelo y después se desplomó a los pies de Teseo.

El público se volvió loco aplaudiendo. Teseo y el primer bailarín del grupo tomaron sobre sus hombros el cuerpo inerte del Minotauro y se lo llevaron así. Las mujeres los siguieron con las cabezas inclinadas como si estuvieran llorando. Salieron lentamente de la zona iluminada por antorchas mientras la multitud seguía con sus aplausos y vítores.

–Bueno, ¿qué le ha parecido nuestra famosa *taurokathapsia*, señorita Markham? –le preguntó Alexei Drakos–. Estaba algo nerviosa antes de que empezara. ¿Esperaba algo diferente?

–Sí –repuso ella mientras miraba sonriendo a Talia–. Creía que iba a aparecer en cualquier momento un toro de verdad.

–Ya me lo pareció, pero no podía echar a perder la sorpresa tranquilizándote –reconoció Talia con una gran sonrisa–. ¿Se hacía la danza antiguamente con un animal de verdad? –le preguntó después a su hijo.

–Así es. Eso asegura la leyenda y también lo confirman unas pinturas murales que se encontraron en el Palacio de Cnosos. Pero aquí no lo hacemos.

Alexei le hizo una seña a Yannis. El joven se acercó corriendo.

–Bueno, ¿qué van a tomar? –les preguntó Alexei.

Talia pidió café.

–Después de toda la emoción del baile, no tengo hambre. ¿Qué quieres tú, Eleanor?

–También me tomaría un café, gracias –repuso ella mientras miraba su reloj–. Tengo que irme pronto.

–¿Cómo vas a volver? –le preguntó Talia.

–El barquero que me trajo a la isla va a venir a recogerme –le dijo Eleanor–. Muchas gracias por invitarme a verlo con ustedes.

–Ha sido un placer contar con tu compañía –le aseguró Talia mientras miraba a su hijo–. ¿Verdad, Alexei?

–Por supuesto –contestó él mirando directamente a Eleanor–. ¿Tiene todo lo que necesita para su artículo?

–Sí, esta fiesta será el final perfecto para la serie de artículos en la que he estado trabajando. Dejaré muy claro, por supuesto, que se trata de un evento anual y que Kyrkiros es una isla privada. Antiguamente, ¿el Baile del Toro también se realizaba en verano?

–No, lo hacían durante todo el año.

–Ahora se celebra para conmemorar la fiesta de San Juan, que es además el cumpleaños de Alexei –le confesó Talia mientras miraba con una sonrisa a su hijo.

–Entonces, le deseo muchas felicidades, señor Drakos –le dijo Eleanor con formalidad–. Como le he dicho antes, no aparecerá nada en mi artículo que no sea de su agrado.

–¿Cuándo habéis hablado del artículo? –les preguntó Talia sorprendida.

Su hijo se encogió de hombros.

–Tuve antes una conversación con la señorita Markham y le dejé muy claro que tomaría represalias si escribía sobre ti.

Su madre lo miró horrorizada.

–¿La amenazaste?

–Sí –reconoció él impasible–. Puede escribir todo lo que quiera sobre el festival y la isla. Pero, si hay una sola referencia a ti, demandaré la revista donde trabaja.

Eleanor no pudo evitar sonrojarse y miró de nuevo su reloj.

–Disculpa a mi hijo, Eleanor. Es muy protector conmigo –le dijo–. Después de todo, aunque me mencionaras en el artículo, ¿quién se va a acordar de mí después de tantos años?

–No seas ingenua, madre.

Alexei apretó los labios al ver que Talia servía solo dos tazas de café.

–Puedes irte ya, Alexei –le dijo dulcemente su madre–. Estoy segura de que tendrás gente a la que saludar.

Eleanor disfrutó mucho al ver cómo la madre de Alexei Drakos se deshacía de él con elegancia, pero de forma implacable.

Alexei se puso de pie y la miró.

–Adiós, señorita Markham.

Ella inclinó la cabeza y le habló con la misma frialdad con la que se había referido a ella.

–Adiós.

–Volveré a buscarte después de que se vaya tu invitada –le informó a su madre.

Talia sonrió al oírlo.

–No hace falta. Puedo volver sola a casa.

–Vendré a buscarte –insistió Alexei con firmeza.

Talia suspiró cuando se quedaron solas.

–Querida, te prometo que Alexei no va a llevar a cabo su amenaza. No te preocupes.

–Tampoco tendría que hacerlo. No voy a nombrarla en mi artículo –le aseguró Eleanor–. Pero confieso que le he hecho un par de fotografías, señora Kazan. Son retratos que he hecho para mí, no para usar de manera profesional. Estoy deseando enseñárselos a mi madre, que siempre ha sido una gran admiradora de su trabajo.

La mujer le dedicó una sonrisa radiante.

–¿En serio? Me temo que le decepcionará verme tal y como estoy ahora. Bueno, espero que no la haya incomodado mucho mi hijo.

Eleanor se encogió de hombros sonriendo.

–En mi profesión, es importante ser dura y no dejar que estas cosas te afecten demasiado.

Le resultaba muy fácil hablar con Talia Kazan. Estaba a gusto con esa mujer y le estuvo hablando de su trabajo. Cuando Yannis llegó para decirle que un hombre preguntaba por ella en el puerto, se dio cuenta de que había hablado mucho y que a lo mejor la había aburrido con sus historias.

–¡Dios mío! ¡He estado hablando tanto que me olvidé de mirar el reloj!

–Y yo he disfrutado mucho escuchándote –le aseguró Talia.

La mujer le dijo a Yannis que se podía ir, que ella misma la acompañaría hasta la embarcación.

–A su hijo no le va a gustar que lo haga –le dijo Eleanor mientras miraba a su alrededor.

Vio que Alexei Drakos estaba al otro lado de la terraza, hablando con el grupo de bailarines que había actuado esa noche.

–Querida, Alexei puede tratar de mostrarse duro e impasible con el resto del mundo, pero a mí no me engaña –le aseguró Talia sonriendo mientras bajaban hacia el puerto–. Yannis dijo que la esperaban en el muelle del sur. Es algo extraño que haya atracado el barco tan lejos, pero nos vendrá bien caminar, ¿no?

A Eleanor no le hacía tanta gracia. Sobre todo cuando se enteró de que el muelle en cuestión estaba en una de las playas fuera de la zona abierta al público, sin hogueras que las guiaran. Su desconfianza se intensificó cuando se alejaron de las luces del *kastro*. Era difícil distinguir el camino hacia el embarcadero y avanzaban muy lentamente.

–Sígueme –le dijo Talia–. Conozco bien el camino. Mantente cerca y detrás de...

La mujer gritó de repente cuando una oscura figura salió de entre las sombras y la tomó en sus brazos mientras corría con ella hacia el embarcadero. Eleanor reaccionó rápidamente y corrió tras el hombre mientras Talia seguía gritando y llamando a su hijo. La madre de Alexei luchó con tanta fuerza que el hombre tropezó, murmuró algo y la dejó caer.

Eleanor aprovechó para golpearlo con su bolso en la cabeza. El hombre, que aún se tambaleaba, cayó al suelo. Saltó sobre él y le dio un par de golpes. Pero el tipo consiguió levantarse gruñendo y le dio una fuerte patada que la tiró al agua.

Se hundió como una piedra en el mar. Durante interminables segundos, se quedó paralizada por el pánico hasta que el instinto de supervivencia le hizo reaccionar. Comenzó a mover las piernas y a contener la respiración. Nadó hasta salir a la superficie tosiendo y escupiendo agua. Lo hizo sin dejar de luchar contra el hombre que trataba de sujetarla.

–¡Basta! –gritó de repente Alexei Drakos–. ¡Estoy tratando de rescatarla!

Aliviada, Eleanor dejó de luchar y permitió que la llevara a remolque hasta el muelle. Allí la esperaba Stefan para sacarla del agua.

–¿Está bien su madre? ¿Está a salvo? –le preguntó ella con la voz entrecortada mientras salían los dos del Egeo.

Alexei se acercó entonces a Talia.

–¡Dime exactamente lo que pasó, madre! –le pidió Alexei mientras se apartaba el pelo mojado de la cara.

Mientras Eleanor tosía y trataba de recuperar el aliento, Talia le explicó a su hijo lo que les había pasado.

–Y, entonces, esta chica tan valiente lo derribó con su bolso y le dio una paliza.

–Pero no conseguí evitar que volviera a levantarse, me diera una patada y me tirara al agua –susurró Eleanor mientras le castañeteaban los dientes–. ¿Consiguió escapar?

La sonrisa de Alexei consiguió helarle aún más la sangre.

–No, no escapó.

–¿Dónde está? –le preguntó Eleanor.

–De camino al *kastro* y acompañado por dos guardias.

–¡Excelente! Nosotros también deberíamos volver a casa –dijo Talia con firmeza–. Tenéis que secaros.

Alexei se volvió cuando Yannis llegó corriendo para decirles que alguien preguntaba por Eleanor.

–¿De qué se trata ahora? –murmuró Alexei irritado mientras la miraba a ella.

–Debe de ser el verdadero barquero, el que me trajo por la tarde a la isla –dijo Eleanor sin poder dejar de temblar.

–Entonces, ¿cómo consiguió el otro hombre ponerse en contacto con usted?

–Yannis nos dijo que un hombre la estaba esperando en el muelle –le explicó Talia.

Alexei habló con el chico en griego y escuchó después su explicación. Cuando terminaron de hablar, le pidió que fuera a buscar a su madre.

–Al parecer, ese tipo preguntó por la señora y Yannis, como sabía que la señorita Markham estaba esperando al barquero, pensó que se refería a ella.

—Entonces, ha sido culpa mía. Lo siento mucho –susurró Eleanor con remordimientos.

Pero Talia sacudió la cabeza con fuerza.

—¡Tonterías, no tienes la culpa de nada!

En ese momento, Eleanor estaba deseando volver a su hotel y poder darse una ducha caliente. Poco le importaba ya quién tuviera la culpa de lo que había pasado.

—Bueno, ahora que mi verdadero barquero ha llegado, será mejor que me vaya –les dijo.

—No, de eso nada, Eleanor –repuso Talia con firmeza mientras le hacía señas a la mujer que corría hacia ellos con varias toallas en las manos–. Esta es Sofia, el ama de llaves que tenemos en el *kastro*. Voy a contarle lo que ha pasado y a pedirle que te prepare un baño caliente y un cuarto de invitados.

—¡No, no es necesario! De verdad. Además, tengo que pagar al barquero y volver al hotel –protestó Eleanor sin poder dejar de toser.

—Stefan se encargará de ello y también de avisar a Takis, el dueño del hotel –le dijo Alexei–. Tiene que quedarse aquí hasta que interroguen al secuestrador. Mientras tanto, puede quedarse en casa con mi madre.

—¡Mi bolso! –exclamó Eleanor de repente.

—¿Se refiere a su arma? –repuso Alexei con media sonrisa–. Stefan lo recuperó, pero no sé si estará todo dentro.

—Espero que no le haya pasado nada a su cámara –exclamó Talia.

—Si se ha roto, le compraré otra –le dijo Alexei.

—No será necesario, gracias –le dijo Eleanor algo más tranquila después de comprobar el contenido de su bolso–. Parece que mi teléfono se ha llevado un buen golpe y está roto el cristal del cuadro que le compré a mi madre, pero la cámara parece estar bien. Seguro que al menos la tarjeta de memoria está intacta y no perderé las fotografías.

–Excelente. Ahora será mejor que volvamos a casa y tomemos algo caliente –comentó Talia.

Sofia asintió con la cabeza y echó a correr hacia el castillo para empezar a prepararlo todo.

Para sorpresa de Eleanor, los músicos seguían tocando y cantando en la terraza, la gente hablaba y se divertía. Había muchos turistas en la playa, donde los jóvenes se turnaban para saltar sobre las tradicionales hogueras de San Juan.

–¿Cómo es que nadie ha oído lo que ha pasado aquí? –preguntó Eleanor.

–Hay demasiado ruido esta noche. Además, llegué tan rápido que no creo que nadie se diera cuenta –le dijo Alexei mientras se frotaba el pelo–. Cuando vi que se levantaba de la mesa con mi madre, decidí seguirlas. Eché a correr cuando oí cómo me llamaba a gritos. Siento no haber llegado a tiempo de detener a ese tipo antes de que la tirara al agua. Stefan y un par de hombres de mi seguridad personal se hicieron cargo de él mientras yo saltaba al mar para rescatarla.

–Me habría encantado saberlo cuando estaba angustiada en el agua, pensando que me ahogaba –le dijo Eleanor con ironía.

–Alexei se tiró en cuanto caíste al agua –le aseguró Talia.

«Mi héroe», pensó Eleanor mientras su salvador le dedicaba una penetrante mirada. Subieron por el camino hasta la entrada del *kastro*. El moderno ascensor parecía fuera de lugar, pero le gustó no tener que subir las escaleras. Después de un rápido ascenso llegaron a un apartamento tan lujoso y bien equipado que no parecía estar dentro de un castillo tan antiguo.

Eleanor se envolvió mejor en su toalla para no mojar los maravillosos suelos de madera mientras Talia la acompañaba hasta una habitación con una decoración muy femenina.

–Date una ducha con agua muy caliente. Tu cara ha perdido el brillo que tenía esta tarde, pero seguro que la ducha te sienta bien.

–Tú también estás muy pálida –añadió Eleanor con preocupación–. Te habrás llevado un susto muy grande.

–¡Pero a mí no me han lanzado al mar, querida! Utiliza cualquiera cosa que necesites en el baño, por favor.

–Muchas gracias –dijo ella.

Aunque ya no tenía tanto frío, le seguían castañeteando los dientes.

–Date prisa y, cuando salgas, podrás beber algo caliente para que entres en calor. Hay un albornoz detrás de la puerta.

Eleanor se quitó la ropa y vio aliviada que su reloj seguía funcionando. Tampoco se había roto el precioso adorno de cristal en forma de toro que se había comprado en el mercadillo. Seguía colgado de su pulsera.

Ya sin la adrenalina del momento del ataque, se sintió cansada y muy débil. Se metió bajo el agua caliente y trató de relajarse.

Cuando terminó, se secó con cuidado, le dolía todo el cuerpo. Tenía un gran moretón en el torso. Se puso el albornoz y se sentó en el borde de la bañera. Había sido un día muy intenso.

Mientras se frotaba el pelo, pensó que quizás pudiera sacar algo positivo de lo que había pasado. Esperaba que Alexei Drakos le concediera una entrevista a modo de agradecimiento. Después de todo, había evitado que secuestraran a su madre.

Se desenredó el pelo, se puso el reloj y la pulsera y abrió la puerta del baño cuando alguien llamó con los nudillos.

Era Talia. Entró envuelta en un albornoz azul marino. También ella tenía el pelo mojado y recogido.

–¿Te sientes mejor ahora, Eleanor? –le preguntó la mujer.

–Mucho mejor, gracias. ¿Qué tal estás tú?

–Después de que ese hombre me tocara, decidí darme también una ducha en el baño de Alexei. Ahora ya me encuentro mejor.

–¡Gracias a Dios! –repuso Eleanor–. ¿Qué puedo hacer con mi ropa mojada?

–Sofia se ocupará de ella. Te ha traído comida al salón de la torre, así que ven conmigo. Tienes que comer algo.

Estaba tan cansada que solo quería meterse en la cama más cercana y dormir, pero siguió a Talia hasta una habitación con una hermosa vista panorámica. Había una bandeja llena de comida en la mesa, frente a un enorme sofá de cuero.

–La sopa de lentejas de Sofia te ayudará a entrar en calor –le dijo Talia–. Después de todo lo que ha pasado, necesitas algo nutritivo. Pasé mucho miedo cuando ese monstruo me agarró, pero lo atacaste con una furia increíble.

–Es que estaba furiosa –reconoció Eleanor mientras aceptaba el tazón que Talia le ofrecía–. Algo explotó dentro de mí cuando vi cómo te agarraba, pero tú también te defendiste bien. Ese hombre no imaginaba con qué par de mujeres iba a tener que luchar.

–Conseguí quitarme un zapato mientras me agarraba y le di con el tacón de aguja en la cara –le dijo Talia riendo–. ¡Qué aventura!

Se volvió para mirar a Alexei cuando entró en la habitación con Stefan. Él también se había duchado y cambiado de ropa.

–¿Habéis hablado con ese hombre? ¿Os ha dicho algo? –le preguntó su madre.

–Nada útil –repuso Alexei pasándose las manos por el pelo húmedo–. Estaba muerto de miedo. Creía que iba a matarlo al haber osado atacar a mi madre. Pero se tranquilizó un poco y me confesó que le habían pagado para llevársela a un hombre que los esperaba con un barco en el muelle. Ese ha conseguido huir.

–¿Quién era el hombre del barco? –le preguntó Talia.

–Uno que conoció hoy mismo en Karpyros y que le ofreció dinero para hacer ese trabajo. Eso es al menos lo que me ha dicho, no sé si puedo creerlo, claro. Me ha jurado que no lo conoce de nada. Conseguí que me dijera al menos cómo se llama él. El tal Spiro Baris va a pasar la noche encerrado en el calabozo, quejándose de las heridas que ha sufrido –agregó mientras sacudía la cabeza con desprecio–. ¡Y eso que ha luchado con dos mujeres desarmadas!

–Bueno, no estábamos desarmadas. Yo tenía mi zapato y Eleanor, su bolso –le recordó su madre.

Stefan se echó a reír y Alexei se relajó lo suficiente para sonreír.

–¿Cuál de las dos le dio un puñetazo en el ojo? Lo tiene negro –les preguntó Alexei.

–Supongo que fui yo –le dijo Eleanor mientras se frotaba los nudillos–. Creo que también le di en la boca.

–Lo hizo, *kyria*. Tiene el labio partido –le dijo Stefan con admiración.

–¿Tiene usted también alguna lesión, Eleanor? –le preguntó Alexei.

Era la primera vez que usaba su nombre. Le pareció un buen cambio.

–Unos cuantos moretones –dijo ella–. Lo peor es el golpe en las costillas, donde me dio la patada que me tiró al agua.

–¡Oh! ¡Querida! –exclamó Talia horrorizada–. Seguro que te arrepientes de haber venido a Kyrkiros, ¿verdad?

Alexei lanzó una mirada a Eleanor con el ceño fruncido.

–¿Va a mencionar el incidente en su artículo?

Le parecía increíble que tuviera el descaro de preguntarle algo así. Contuvo el aliento y se estremeció cuando sus costillas protestaron.

–¿Cómo voy a difundir sus problemas de seguridad? Por supuesto que no lo haré.

–Gracias –le dijo Alexei mirando después a Stefan–. Ve a hablar con Theo. Tiene que dejarle muy claro a los guardias que revisen la isla y se aseguren de que no quede nadie atrás después de que salga el último barco de Kyrkiros.

–Dos de ellos están vigilando al secuestrador, así que los ayudaré personalmente a revisarlo todo –le dijo Stefan–. Buenas noches, que descansen –se despidió antes de salir de la habitación.

–Será mejor que baje yo también –les anunció Alexei–. Mañana llevaré a mi madre a Creta para que tome su vuelo de regreso a Londres. Tendrá que venir con nosotros, Eleanor. Intentaré conseguirle plaza en el mismo vuelo –agregó mirándola a ella.

–Es muy amable por su parte, pero no tengo que volver a trabajar hasta dentro de una semana –repuso ella educadamente–. He pagado de mi propio bolsillo una estancia de una semana en Karpyros solo para poder tumbarme al sol y no hacer nada ahora que ya he terminado mi trabajo en las islas...

No terminó la frase al ver que la madre y el hijo la miraban con el ceño fruncido.

–No es prudente que hagas eso, querida –le dijo Talia antes de que su hijo pudiera decir nada–. Te podrían secuestrar en la playa de Karpyros.

Eleanor la miró fijamente.

–¿Por qué? No era a mí a quien quería el secuestrador –repuso Eleanor.

–No podemos obligarla a que se vaya, por supuesto –le dijo Alexei con algo de frialdad–. Piense en ello mientras bajo a hablar con Theo –añadió mirando después a su madre.

Parecía estar pidiéndole sin palabras a Talia que tratara de convencerla para que volviera a Londres.

Se fue al ascensor y ellas se quedaron un momento en silencio.

–Alexei solo trata de hacer lo mejor para ti –le aseguró Talia–. Se siente responsable por lo que pasó esta noche y quiere mantenerte a salvo hasta que vuelvas a casa. Si te vas a Karpyros, no podrá hacerlo.

Eleanor frunció el ceño.

–Pero no tiene por qué sentirse responsable. Es normal que le preocupe su bienestar, pero a mí ni siquiera me conoce.

–Pero a ti te hirieron y estuviste a punto de ahogarte cuando tratabas de salvarme –repuso Talia–. Enséñame el moretón.

Eleanor separó el albornoz para mostrarle dónde le había dado la patada ese hombre.

–¡Madre mía! –exclamó la mujer impresionada–. ¿Estás segura de no te has roto nada?

–Sí. Me duele, pero se me pasará. Lo que ha pasado me ha dejado agotada. Supongo que tú también lo estarás –le dijo tuteándola por vez primera–. ¿A ti no te duele nada? ¿No tienes moretones?

Talia asintió con tristeza.

—Sí, pero nada como ese de tus costillas. El único medicamento que necesito es un poco de té caliente. Tengo una bandeja en mi habitación, ¿por qué no te tomas uno conmigo? —le sugirió—. Y tengo que hablar con Alex antes de acostarme.

—¿Qué van a hacer con ese hombre?

—Me imagino que llamarán mañana a la policía para que se encarguen de él.

Después de todo lo que había ocurrido esa noche, era muy agradable tomarse una infusión en el acogedor dormitorio de Talia.

—Eres una buena chica, Eleanor Markham —le dijo la señora—. Fuiste muy valiente esta noche.

—Creo que reaccioné así por instinto —le confesó Eleanor—. Estaba tan furiosa con ese hombre que quería matarlo, pero solo conseguí que me tirara al agua.

—Pasé mucho miedo hasta que Alex te sacó a la superficie —le dijo Talia estremeciéndose—. Has conseguido impresionar mucho a mi hijo.

—Solo porque ataqué al hombre que intentaba secuestrar a su madre —repuso Eleanor—. Esta tarde fue mucho menos agradable cuando amenazó con demandarme.

Talia suspiró al oírlo.

—Tienes que perdonarlo. Me protege demasiado y odia a la prensa desde que leyó todo lo que habían escrito sobre el divorcio de sus padres. Y, desde entonces, tiene una nueva razón para odiar a los periodistas. Supongo que sabe lo que le pasó.

—No conozco bien la historia, pero he oído que una exnovia de su hijo le contó a una revista detalles sobre Alexei que no lo dejan en muy buen lugar, ¿no?

Talia la miró con furia en sus bellos ojos.

—Christina Mavros es una mentirosa y una mujer desequilibrada. Juró que tiraría por los suelos el buen nombre de Alexei si no se casaba con ella y eso es lo que hizo –le contó la mujer–. ¿De mí también tienes información?

Eleanor asintió.

–Sé que te divorciaste de Drakos Milo poco después de casarte con él –le dijo Eleanor.

–Supongo que querrás saber qué ocurrió.

–Bueno, tengo cierta curiosidad, pero te aseguro que no comentaré nada al respecto en mi artículo. Te doy mi palabra.

–Lo sé. Tengo que comentarte algo ahora porque a Alex le va a faltar tiempo mañana para sacarme de la isla y no voy a tener otra oportunidad.

–¿De qué se trata?

–Quería sugerirte algo –le explicó Talia–. Si no deseas volver aún a casa, ¿por qué no te quedas aquí en Kyrkiros hasta que salga tu vuelo de regreso a Londres? Aquí estarás a salvo.

–No, no podría hacerlo.

–¿Por qué no? En cuanto Alex me lleve al aeropuerto, puede tomar el ferry de vuelta aquí. Lo convenceré para que se tome él también unas vacaciones.

–Aunque logres convencerlo a él, no me querrá cerca.

–Mi hijo necesita relajarse, Eleanor, y también necesita un poco de compañía inteligente. Nunca lo admitiría, pero su objetivo constante en esta vida es lograr superar a su padre en todos los sentidos –le dijo Talia con una sonrisa triste–. Si has leído algo sobre Milo Drakos, te habrás dado cuenta de que no es una tarea fácil. Me preocupa que no tenga tiempo para una relación normal. Con su aspecto y su dinero, siempre ha tenido mujeres a su disposición. Pero después de lo que le pasó con Christina Mavros, no se fía de nadie. Me encantaría que pudiera disfrutar de la compañía de una mujer inteligente. ¿Qué puedo hacer para convencerte de que te quedes aquí unos cuantos días?

El primer instinto de Eleanor fue decirle que no iba a poder persuadirla, pero tuvo una idea mejor.

–Si puedes conseguirme una entrevista con tu hijo, me quedaré un día o dos más. Mi jefe está tan obsesionado con conseguir esa exclusiva que hasta me ordenó ponerme ropa sexy para convencer a tu hijo.

–Entonces, ¿en realidad no viniste para ver el festival?

–Sí, vine para eso. Es el último de mi serie de artículos sobre la isla, pero Ross McLean está deseando tener una entrevista en profundidad con el empresario que se niega a hablar con la prensa, pero te prometo que conseguir esa exclusiva no ha tenido nada que ver con mi presencia aquí ni con la forma en la que reaccioné cuando ese hombre trató de secuestrarte. No podía soportar la idea de que ese tipo le pusiera las manos encima a alguien como tú.

–¿Alguien como yo?

–Alguien a quien admiro mucho y a quien me ha encantado conocer –le confesó Eleanor.

–El sentimiento es mutuo, querida.

Vio que Talia se estremecía al oír unas voces en el pasillo.

–¿Qué pasará ahora? –preguntó en voz alta la mujer.

Alex apareció en la puerta, parecía disgustado.

–Siento molestarte, mamá, pero me temo que hay alguien que quiere hablar contigo antes de que te vayas.

Las dos se quedaron boquiabiertas al ver a Milo Drakos. Emanaba poder y fuerza por los cuatro costados. Les hizo una reverencia a las dos mujeres, levantó delicadamente la mano de Talia y la besó mientras la miraba a los ojos.

–Perdona mi intrusión. Te vi esta noche saliendo de la terraza y, cuando Alexei y otros hombres salieron corriendo detrás, me asusté. No podía irme hasta asegurarme de que estabas bien –le dijo Milo a su exmujer.

Eleanor vio que Talia se sonrojaba ligeramente.

–¡Qué sorpresa, Milo! ¿Qué estás haciendo aquí?

–Bueno, es el cumpleaños de nuestro hijo, ¿no?

Alexei parecía algo incómodo, pero no dijo nada.

–Creo que hubiera bastado con que le enviaras una tarjeta, Milo –le dijo Talia en un tono tan dulce como frío.

Milo Drakos la miró con tristeza.

–En lugar de eso, decidí venir y mezclarme con la multitud. Tenía la esperanza de poder felicitarlo en persona. Para mi sorpresa, tuve la inesperada suerte de verte también a ti, Talia. Así que decidí quedarme, aunque sabía que corría el riesgo de que Alexei me expulsara inmediatamente de la isla si me veía.

–Y te vi –replicó Alexei–. Pero decidí que era mejor no echarte de Kyrkiros. Eso habría atraído atención sobre mi madre y no quería que nadie la molestara.

Eleanor se puso de pie apresuradamente.

–Bueno, si me disculpan, voy a retirarme ya –les dijo algo incómoda–. Buenas noches.

–Buenas noches, querida –dijo Talia mientras miraba con una sonrisa a su hijo–. Acompaña a Eleanor a su habitación, por favor, Alexei.

Alexei la llevó en silencio por el pasillo hasta su dormitorio. No parecía agradarle la idea de haber tenido que dejar a sus padres a solas.

–Espero que se sienta cómoda aquí –le dijo fríamente Alexei mientras abría la puerta de un dormitorio mucho más masculino.

Era muy distinto al de Talia. Parecía otra casa.

–Siento echarlo de su habitación –repuso ella con la misma frialdad.

Él se encogió de hombros.

–Dadas las circunstancias, es lo menos que puedo hacer. Pero tengo que recoger antes algunas cosas. Después, ya podrá descansar. Supongo que estará deseando hacerlo.

Se quedó callado un segundo y miró de nuevo hacia el pasillo.

–He de pedirle de nuevo disculpas. Se me olvidó presentarle a mi padre.

–Ya sé quién es. Lo reconocí después de haberlo visto en fotografías.

–Por supuesto –dijo Alexei–. Después de todo, es periodista.

–Sí, lo soy –suspiró Eleanor con cansancio–. Y, antes de que me lo pida, tampoco mencionaré a Milo Drakos en mi artículo.

–Gracias –repuso Alexei con una sonrisa que consiguió sorprenderla–. Supongo que le estará resultando muy frustrante no poder hablar de todo esto.

–Sí, pero no quiero hacer nada que pueda dañar a su madre, así que me limitaré a dar buena cuenta de lo colorido de esta fiesta y no diré nada más.

–¿Aunque alguien tratara de ahogarla?

Por primera vez, le pareció que la miraba con algo de calidez.

–Espero que le paguen bien, hoy se ha ganado muy bien su salario –le dijo él.

–Según mi editor, me paga demasiado. Al tipo de trabajo que hago lo llama «vacaciones pagadas».

–Lo de hoy no me han parecido unas vacaciones –le dijo Alexei mientras se acercaba a un armario y la miraba por encima del hombro–. Tome una camiseta o lo que quiera para dormir.

Era muy extraño estar en una situación tan íntima con ese hombre. Miró nerviosa cómo entraba Alexei en el cuarto de baño.

–Mañana por la noche podrá dormir en la habitación de mi madre –le dijo cuando salió.

Ella lo miró con sorpresa.

–Pensé que estaba deseando ponerme en un avión de vuelta al Reino Unido mañana mismo.

–Sí, pero mi madre me ha recordado que tiene derecho a disfrutar del resto de sus vacaciones como tenía previsto. No puedo garantizar su seguridad en Karpyros, pero aquí sí. Tendrá a Sofia para encargarse de todo y hacerle la comida. Y a Theo Lazarides para su seguridad. Tendrá toda la casa para usted, con excepción de mi despacho. Si le intimida dormir sola en el *kastro,* puedo pedirle a Sofia que se quede aquí arriba hasta que se vaya.

–¿Por qué haría algo así? –le preguntó ella sorprendida.

Un destello de respeto brilló en sus ojos oscuros.

–Siento que se lo debo, señorita Markham. Se arriesgó mucho para ayudar a mi madre y me gusta pagar siempre mis deudas. ¿O tiene acaso una recompensa diferente en mente?

Ella asintió con la cabeza.

–La verdad es que sí, pero dejaré que sea su madre la que se lo comente. Ahora mismo, estoy tan cansada que apenas puedo mantener los ojos abiertos.

Alexei vaciló un segundo. Después, la sorprendió tomando su mano brevemente.

–Gracias de nuevo, Eleanor Markham. Buenas noches.

–Buenas noches –se despidió ella.

Lo observó mientras salía para volver con sus padres. Le habría encantado poder estar presente en esa reunión.

En lugar de volver inmediatamente al dormitorio de su madre, Alexei Drakos entró en el salón de la torre para contemplar el cielo de esa noche durante unos minutos. Tenía la mente más ocupada en Eleanor Markham que en sus padres. Por mucho que odiara admitirlo, suponía que a los dos les alegraba poder estar a solas un tiempo. Además, la difícil relación que siempre habían tenido sus padres no era un problema urgente. Le preocupaba mucho más la mujer que ocupaba su habitación esa noche.

Sacudió la cabeza con impaciencia. Creía que había pasado demasiado tiempo sin tener una mujer en su cama y por eso le había afectado tanto la presencia de la periodista.

Después de lo que Christina le había hecho, había evitado todo tipo de compañía femenina. Creía que ese tiempo de sequía sexual que se había impuesto él mismo era la razón por la que Eleanor Markham le había resultado tan atractiva.

No había podido dejar de pensar en sus ojos brillantes desde que la viera por primera vez frente a un puesto del mercadillo esa misma tarde. De otro modo, no se habría parado a ofrecerle su ayuda. Descubrir después que era periodista había sido como un puñetazo en las costillas.

Hizo una mueca al pensar en ello. Era precisamente Eleanor la que había recibido un golpe en las costillas esa noche para salvar a su madre. Eso no podía olvidarlo.

Se dio la vuelta de manera brusca y, frunciendo el
ceño, salió del salón. Había llegado el momento de volver al dormitorio de su madre y pedirle cortésmente a
su padre que se fuera de allí.

Estaba siendo una noche de lo más ajetreada.

Capítulo 3

ELEANOR despertó a la mañana siguiente cuando alguien llamó a su puerta. Por un momento, se quedó mirando a su alrededor. Se incorporó en la enorme cama de Alexei Drakos haciendo una mueca de dolor al sentir las contusiones que tenía por todo el cuerpo.

Entró en ese momento una sonriente Sofia con una bandeja en sus manos.

–*Kalimera, kyria.*

Eleanor le devolvió el saludo y le preguntó por Talia.

–*Kyria* Talia se ha ido, pero le dejó esto –le dijo Sofia mientras sacaba una carta del bolsillo de su delantal–. Me pidió que me asegurara de que usted descanse y coma bien.

Eleanor abrió el sobre en cuanto se quedó de nuevo sola.

Querida Eleanor:
Vine a verte esta mañana, pero estabas tan profundamente dormida que decidí no molestarte. El tipo que nos atacó ya está bajo la custodia de la policía, pero mi hijo ha insistido en acompañarme en el ferry hasta Creta, de donde sale mi vuelo. Durante el viaje, voy a pedirle que te conceda una entrevista. Disfruta de tu estancia en Kyrkiros. Alex regresará allí más tarde, así que asegúrate de que

te dé tu recompensa por lo valiente que fuiste anoche.

Por favor, ponte en contacto conmigo en los números de teléfono y en la dirección que te doy más abajo. Con todo lo que pasó anoche, se me olvidó pedirte tus datos y me gustaría mucho volver a verte, Eleanor.

Con gratitud y cariño,
Talia.

Eleanor guardó la carta y miró la bandeja. Tenía mucha hambre y no le iba a quitar el apetito saber que iba a tener que enfrentarse con Alexei Drakos a solas. Tenía zumo de naranja, bollos calientes y café.

Cuando Sofia regresó algún tiempo después a recoger la bandeja, la acompañó a la habitación de invitados, donde iba a dormir a partir de esa noche. Allí la esperaba su ropa, limpia y seca.

Le dio las gracias a la mujer y le preguntó cuándo regresaba *kyrie* Alexei.

Sofia se quedó perpleja.

–No va a volver. Se queda en Creta, *kyria*. Pero usted puede quedarse el tiempo que desee.

Eleanor se quedó muy decepcionada, pero no dijo nada.

Se dio una ducha para tratar de calmar su enfado. Después de todo, no iba a poder entrevistar a Alexei Drakos.

Una vez duchada, se vistió y bajó a la planta baja. Siguió las voces que oía hasta una cocina enorme donde se encontró a Sofia tomando café con otras dos mujeres.

–*Kalimera* –les dijo Eleanor a modo de saludo general.

Sofia le presentó a Irene y a Cloe. Las dos mujeres elogiaron su valentía.

–Ha salvado a *kyria* Talia –le dijo Sofia–. ¿Le hizo daño?

Eleanor se dio unas palmaditas en las costillas. Con gestos y las pocas palabras en griego que sabía, consiguió explicarles que le había dado una patada y la había empujado al agua.

–¡Podría haber muerto! –exclamó Irene.

–*Kyrie* Drakos me salvó –les explicó–. ¿Podría llevarme alguien a Karpyros, por favor?

Creía que, si Alexei Drakos no iba a volver, no tenía sentido quedarse allí. Además, tenía todas sus pertenencias en el hotel y necesitaba su ordenador portátil para trabajar un poco.

–Yannis podrá llevarla después de comer –le dijo Sofia con firmeza–. Le serviré el almuerzo en el salón de la torre.

Eleanor salió de la cocina y subió al salón. Pasó mucho tiempo allí, disfrutando de la vista. Después, escribió algunas notas sobre lo que había visto el día anterior. Era frustrante tener que limitarse a la fiesta y no poder contar todo lo demás. Pero aun así sabía que el artículo de Kyrkiros seguiría siendo el más interesante de la serie. En parte gracias a las fotografías que había tomado del Baile del Toro y también porque la isla era propiedad del conocido empresario Alexei Drakos.

Estaba completamente centrada en su trabajo cuando llegó Sofia con una ensalada para ella.

–Coma bien, *kyria* –le pidió la mujer–. Cuando termine, Yannis la llevará a Karpyros y esperará todo el tiempo necesario hasta que esté lista para volver.

Eleanor le explicó que iba a quedarse allí hasta que volviera a Inglaterra. La mujer protestó acaloradamente. Después, le dejó la comida y se fue.

Cuando terminó, recogió su bolso y bajó a la cocina. Estuvo unos minutos haciéndoles fotografías a las tres mujeres y, cuando llegó Yannis para llevarla a la otra isla, le hizo también fotos al joven junto a su sonriente madre.

–Os enviaré las fotografías cuando llegue a casa –les prometió ella.

Siguió a Yannis hasta el embarcadero principal. Le entristecía irse de Kyrkiros, aunque solo fuera por no poder hacer la entrevista.

Le emocionó cómo la recibieron en el hotel. Takis y Petros le dijeron que habían estado muy preocupados por ella la noche anterior, hasta que los informaron de lo que había pasado. Cuando entró en su pequeño apartamento, se sentó al sol durante un buen rato y miró hacia el puerto de Kyrkiros. Habían pasado tantas cosas desde que saliera de esa habitación para ir a la isla, que le parecía increíble que solo hubiera transcurrido un día. Se acordó entonces de su cámara. Fue un gran alivio ver que podía descargar en su ordenador las fotografías que había hecho.

Las primeras imágenes que había hecho del *kastro* y de las casas estaban bien, pero no se podían comparar con las de la fiesta. Esas estaban llenas de color y vida. También le habían salido muy bien las fotografías del Baile del Toro, con los bailarines desarrollando su exótica y compleja coreografía a la luz de las antorchas. La escena parecía aún más irreal en la pantalla de su ordenador, como si hubiera abierto una ventana al pasado.

Pero sus fotos favoritas eran las que le había hecho al Minotauro con Teseo. Esperaba que esas imágenes tan buenas consiguieran consolar a Ross McLean cuando le contara que no había podido entrevistar a Alexei Drakos.

Suspiró algo decepcionada y se dispuso a escribir el

artículo que completaba su serie sobre viajes en las islas griegas.

Alexei había acompañado a su madre hasta Creta. Se había pasado la mayor parte del trayecto prometiéndole que se iba a tomar más tiempo libre para disfrutar de la vida. Siempre le costaba despedirse de ella.

Durante el viaje de vuelta, lamentó que su madre lo hubiera convencido para regresar a Kyrkiros y cuidar de la periodista. De una periodista de la que había sospechado cuando se dio cuenta de que alguien había tratado de secuestrar a su madre.

Pero su madre casi nunca le pedía nada y había accedido a hacerlo. Talia Kazan creía que le vendría bien alejarse de la rutina durante un tiempo y estar en compañía de una mujer inteligente y atractiva. También le había recordado que estaba en deuda con ella y le había dicho que lo único que Eleanor quería, a modo de agradecimiento, era una entrevista en profundidad.

Frunció el ceño, no sabía qué sería exactamente para la señorita Markham «una entrevista en profundidad». Si creía que le iba a desnudar su alma, iba a sentirse muy decepcionada.

Nunca le había gustado la prensa, sobre todo tras el divorcio de sus padres, cuando su madre sufrió mucho por los comentarios que hacían sobre su fallido matrimonio. Eso también hizo que cambiara la relación que había tenido hasta entonces con su padre.

Y, después de la venganza de Christina Mavros, su hostilidad había ido en aumento.

Cuando le preguntaba a su madre sobre el divorcio, siempre le decía que era algo privado entre su padre y ella. Su abuelo, Cyrus Kazan, le había dado muchos más detalles. Le había dicho que Milo era un hombre tan celoso que había creído que el niño no era realmente suyo.

Talia le había aclarado la historia muchos años después.

–Engordé tanto al principio del embarazo, que Milo creyó que estaba embarazada de otro. Cuando naciste, se arrepintió mucho y me pidió perdón, pero estaba tan dolida y furiosa por su falta de confianza, que me negué a escucharlo.

Aunque había estado muy enfadada, había querido lo mejor para su hijo. Por eso le había puesto el apellido de su padre y había permitido que Milo eligiera los mejores colegios para el niño.

Durante su infancia, Alexei lo visitaba a menudo en Atenas y en su casa de vacaciones en Corfú. Cuando supo por qué se habían divorciado sus padres, siguió visitándolo, era lo que su madre quería que hiciera, pero ya no hablaba con su padre. Cuando estaba allí, se pasaba todo el tiempo en la piscina o pegado al ordenador de última generación que le acabara de comprar su padre para tratar de ganárselo.

Fue así como comenzó su pasión por la tecnología. Unos años más tarde, desarrolló el innovador *software* con el que consiguió ganar una fortuna. Entonces había estado aún estudiando en el colegio británico al que su padre había querido que fuera.

Lo primero que había hecho con el dinero ganado con ese *software* había sido escribirle a su padre un cheque que le había dado tras las últimas vacaciones que había pasado con él en Corfú. Cuando lo llevó al aeropuerto para despedirse, Alexei le dio el cheque a su padre con la cantidad total de dinero que Milo Drakos había gastado en su educación a lo largo de los años.

–Ahora ya no te debo nada –le había dicho entonces a su padre.

Recordaba perfectamente la expresión con la que se había quedado Milo mientras su hijo subía al avión. Era un recuerdo que ya no recordaba con satisfacción, sino con pena.

Se dio cuenta de que ya habían llegado y llamó a Theo Lazarides para decirle que el ferry estaba a punto de atracar.

Eleanor estaba tan inmersa en el artículo que estaba escribiendo que se sobresaltó cuando alguien llamó a la puerta. La abrió sin más y se quedó atónita al encontrarse con los ojos oscuros y furiosos de Alexei Drakos.

—¿Qué demonios está haciendo aquí? —le preguntó él.

—Yo podría preguntarle lo mismo —replicó ella—. Me ha dado un susto de muerte.

—Eso espero. Después de lo que pasó anoche, me parece increíble que me haya abierto la puerta sin comprobar quién era. ¿Se ha vuelto loca? —le dijo Alexei—. Llamé a Theo Lazarides desde el ferry y me dijo que se había ido. ¿Por qué no se quedó allí?

—Bueno, con ese hombre en manos de la policía, ya no me pareció necesario —dijo ella con firmeza—. En cualquier caso, ¿por qué está aquí? Sofia me dijo que no iba a volver a Kyrkiros.

—Ese era el plan. Entre la comisaría y acompañar a mi madre a Creta, se me olvidó decirle a Sofia que había cambiado de idea y que me quedaba unos días más. Además... ¿Tenemos que hablar de todo esto aquí afuera o puedo entrar?

—Mejor no.

—¿Por qué no? —preguntó Alexei tratando de controlarse.

–Porque está enfadado conmigo.

Alexei cerró los ojos como si estuviera tratando de reunir la paciencia que necesitaba. Cuando los abrió de nuevo, dio un paso atrás y levantó las manos en señal de rendición.

–Señorita Markham, Eleanor, vengo en son de paz. No tengo ninguna intención de hacerle daño. De hecho, estoy aquí para llevarla de vuelta a Kyrkiros y poder así asegurarme de que no le pase nada más durante su estancia en estas islas. Si sigue aquí, no puedo hacerlo y mi madre nunca me lo perdonaría si le pasara algo que yo podría haber evitado.

–Pero ya no es necesario, el secuestrador está encerrado.

–El hombre que lo contrató aún está por aquí...

–Mire, señor Drakos...

Alexei levantó una ceja con sorpresa.

–Creo que es un poco tarde para ese tipo de formalidades.

–Muy bien, Alexei entonces.

–Alex –la corrigió él.

–Tengo una solución mucho más simple para el problema, Alex.

–¿Cuál es?

–Me olvidaré de mis vacaciones y tomaré el primer vuelo que salga de vuelta a mi país.

Alex le dedicó una sonrisa inquietante.

–Pero si lo haces, te irás sin tu recompensa. Mi madre me convenció para que lo hiciera. Así que para lograrlo, Eleanor Markham, tendrás que quedarte aquí algún tiempo más.

«¿De verdad quiere que le haga una entrevista?», se dijo con incredulidad.

–Será mejor que pases –le dijo.

–Gracias –dijo Alex mientras entraba y cerraba la puerta–. ¿Por qué has cambiado de opinión?

–La posibilidad de una entrevista hace que me valga la pena arriesgarme –confesó ella.

–Conmigo no corre ningún peligro, Eleanor.

–Me alegra saberlo –murmuró mientras señalaba el sofá–. ¿De verdad me darás una entrevista?

–Sí, aunque limitaría ciertos temas, por supuesto –dijo Alexei–. A su jefe le va a encantar.

–No sabes cuánto –le confirmó ella–. Pero no necesito estar en Kyrkiros para hacerla. ¿Por qué iba nadie a molestarme a mí ahora que ya no está tu madre?

–Te han visto en la isla con ella, pueden pensar que eres importante para mí –le dijo Alex–. Si lo que quieren es pedir un rescate, puede que lo intenten contigo ahora que mi madre no está. La verdad es que tengo la corazonada de que podrías estar en peligro.

La entrevista fue lo que consiguió convencerla. Apagó su ordenador, metió su libreta y su cámara en el bolso y subió deprisa las escaleras para hacer la maleta.

–El ferry a Creta está a punto de salir. Dile a Takis que has cambiado de opinión y que lo vas a tomar. He amarrado mi barco lejos de aquí, así que podremos irnos sin que nadie nos vea.

–¡Debo de estar volviéndome loca! Mi teléfono móvil no funciona y estoy a punto de irme con alguien a quien apenas conozco sin decirle a nadie a dónde voy. Podría desaparecer de la faz de la tierra sin que nadie se enterara.

Alex apretó los dientes.

–¡No me extraña que escribas para ganarte la vida! ¡Qué imaginación! –exclamó él–. De acuerdo, iré a buscar a Takis para que venga y puedas decir a dónde vas. Le pediré que no se lo diga a nadie para mantenerte a salvo.

Alexei salió de allí y ella se quedó algo preocupada, pensando que quizás estuviera a punto de cometer el peor error de su vida. Pero creía que valía la pena el riesgo para conseguir esa entrevista. Sabía que cualquier periodista en su situación estaría saltando de alegría, pero no le hacía gracia pasar más tiempo con un hombre tan hostil que solo estaba dispuesto a sufrir su compañía porque pensaba que estaba en peligro y porque su madre se lo había pedido.

Alex le explicó a Takis lo que había pasado el día anterior y que se iba con él a su isla.

El dueño del hotel les prometió que no le diría a nadie dónde estaba y les indicó cómo llegar al barco de Alexei por un camino poco transitado que había detrás de los apartamentos.

Fueron en silencio hasta el puerto. Él caminaba a buen ritmo y ella lo seguía como podía. Cuando por fin llegaron al barco, el ruido del motor era demasiado fuerte como para que le hiciera ninguna pregunta.

En el muelle los esperaba un hombre.

–Te presento a Theo Lazarides, jefe de seguridad en la isla. La señorita se quedará aquí unos días, Theo.

–Bienvenida de nuevo, señorita Markham –le dijo cortésmente el hombre.

–*Efcharisto*, *kyrie* Lazarides –repuso ella sonriendo.

–Vamos a entrar –le dijo Alexei mirando a Theo–. ¿Nos esperan?

–Sí, *kyrie*.

No se sintió segura hasta que llegaron al *kastro* y entraron por el patio amurallado tras el castillo. Alex la acompañó hasta la cocina, donde estaba Sofia. La mujer le sonrió cálidamente.

–La acompañaré a su cuarto –le dijo la mujer.

–No hace falta. Lo haré yo, Sofia –repuso Alex.

–Gracias –le dijo ella mientras iban a la habitación–.

Gracias por todo. Sé que tienes que quedarte aquí por mi culpa.

–No necesito volver aún a Atenas. Stefan ya está allí y puedo estar en contacto con él y con todos los demás desde mi oficina aquí en el *kastro*.

–Te gusta tener el control –murmuró Eleanor–. Investigué un poco sobre ti antes de venir.

–Ya lo imagino –dijo él–. ¿Y qué has aprendido, Eleanor? ¿Suculentos detalles sobre mi vida?

–Sabes perfectamente bien que no hay mucha información sobre tu vida.

–Bueno, pero habrás leído lo que dijo Christina Mavros –dijo él con escepticismo.

–Sí, pero no le hice mucho caso. Me parecieron las palabras de una mujer despechada. También he leído sobre el divorcio de tus padres y que fuiste una especie de niño prodigio.

–No era un genio, solo lo bastante inteligente para desarrollar un programa informático –le dijo Alexei con dureza–. Mis años en el colegio británico fueron un infierno...

Se interrumpió y maldijo entre dientes.

–Esto es estrictamente extraoficial. La entrevista te la daré mañana. Mientras tanto, descansa.

–Gracias –repuso ella mientras Alexei salía del dormitorio.

Se duchó y guardó el vestido. Sofia lo había lavado y planchado para ella, pero prefería ponerse unos pantalones vaqueros y una camiseta. Se puso perfume y decidió dejarse el pelo suelto.

Les envió un correo electrónico a sus padres. Después, sacó una novela de su maleta y se tumbó en la cama.

Algún tiempo después, cuando oyó un golpe en la puerta, guardó el libro y se calzó.

–Pasa –le dijo.

Alex asomó la cabeza por la puerta.

–Pensé que estaría bien tomar algo antes de la cena –le dijo él mirándola de arriba abajo–. Veo que los dos nos hemos puesto cómodos para la cena. No hay nadie aquí a quien impresionar y la prioridad es la comodidad. Espero que estés a gusto conmigo, Eleanor.

Fueron al salón y ella se sentó en un extremo del sofá.

–Llegaré a estarlo.

–Entonces, ¿aún no lo estás?

–Bueno, apenas te conozco...

–Con mi madre, en cambio, estuviste muy a gusto desde el primer momento.

–Es que es una mujer muy especial –dijo Eleanor sonriendo.

–Eso es verdad. Era la envidia de mis amigos cuando venía a verme a los partidos. Compró una casa en Berkshire, cerca de mi colegio. Y mi abuelo también iba a Inglaterra con frecuencia. No quería que creciera echando de menos la figura de un padre –agregó–. Supongo que no sabías nada de él, de Ciro Kazan, ¿no?

–No –reconoció ella.

–¿Qué quieres tomar? –le preguntó–. ¿Un cóctel? ¿Una copa de vino?

–Vino, por favor –dijo ella.

Deseaba que le siguiera hablando de su familia.

–Este vino es de viñedos de esta isla. Lo hace mi amigo Dion Arístides.

Sirvió dos copas y se sentó al lado de ella.

–Después de la fiesta, seguro que mucha gente lo compra por Internet. Es excelente, pero podrías vender mucho más si abrieras la isla a los visitantes con más frecuencia.

–La verdad es que no me interesa hacerlo. De momento, la oferta y la demanda está equilibrada. Si decidimos expandirnos y hacer la isla más turística, habría que cambiar muchas cosas. Necesitaríamos más gente, más empleados, más casas... Tal y como están las cosas ahora, los isleños tienen una forma de vida bastante buena aquí.

–Me encantaría conocer mejor la isla –le dijo ella.

–En circunstancias normales, estaría encantado de mostrártela. Pero no creo que sea buena idea.

–Pero los isleños saben que estoy aquí, ¿no?

–Sí, pero nadie lo comentará con extraños –le dijo Alex–. Pareces triste.

–Bueno, no quiero parecer desagradecida, pero después de tanto viajar, estaba deseando holgazanear en la playa unos días antes de volver a casa.

–Mañana te mostraré un sitio donde puedes tomar el sol a tus anchas con total privacidad.

Alexei se levantó cuando llegaron Sofia y Yannis con la comida. Todo olía fenomenal.

–Coma bien para recuperar las fuerzas –le dijo la mujer.

–*Efcharisto* –contestó Eleanor.

–Sofia, como todos los demás, está muy impresionada con la valentía que mostraste anoche.

Se sentaron a una mesa junto a la ventana. Comenzaron con un plato de berenjenas rellenas.

–¡Esto es delicioso! Llevo semanas comiendo solo pescado y ensaladas.

–¿No comes carne?

–Sí, pero en algunos sitios vi que tenían carne de cabra en el menú y no quise arriesgarme.

Alexei se echó a reír.

–Estás a salvo esta noche. El plato principal tiene carne, pero es de cerdo.

Le costaba creer que estuviera allí, cenando con Alexei Drakos. Ese hombre la había arrollado con su carisma desde el principio. Le atraía tanto que sus amenazas habían sido un duro golpe. Pero todo parecía haber cambiado y le daba la impresión de que estaba disfrutando de su compañía. No podía dejar de mirarlo.

–Todo esto es muy surrealista –le confesó ella–. Cuando llegué a la isla, no pensé que pudiera lograr siquiera que quisieras hablar conmigo. Y lo de la entrevista me parecía aún más difícil.

–Eso tienes que agradecérselo a mi madre. Me dijo que era lo que querías y los dos estamos en deuda contigo. Pero quiero revisar personalmente cada palabra del artículo cuando lo termines.

–Por supuesto. Puedes estar a mi lado cuando lo termine y le dé al botón de «Enviar».

–¿Y cómo puedo estar seguro de que tu jefe lo publicará tal y como esté?

–Te daré su dirección de correo electrónico para que puedas amenazarlo como hiciste conmigo. Créeme, Ross McLean hará lo que quieras para conseguir la exclusiva.

Eleanor dejó los platos de la entrada en el carro y colocó la bandeja con la carne en la mesa. Le entregó el cucharón a Alex para que lo sirviera él.

–Siento no haber dicho nada cuando serviste tú las berenjenas. No quiero que pienses que daba por hecho que tenías que servirme tú.

–No te preocupes –dijo Eleanor–. Te agradezco mucho que me hayas invitado a cenar y no importa quién de los dos sirva esta deliciosa comida.

Alex sacudió la cabeza con tristeza mientras llenaba sus platos.

–Una mujer hermosa está compartiendo la cena conmigo y todo lo que siente es gratitud...

–No, no solo eso –le dijo ella riendo–. También siento que todo esto es muy surrealista.

Alexei también se echó a reír.

–Y, sin embargo, aquí estamos, compartiendo una cena. A cambio de esta deliciosa comida, tienes que hacer algo, *kyria* periodista. Quiero saber más sobre Eleanor Markham.

–Lo haré si tú también me hablas de ti.

–¡Yo ya he prometido hacerlo!

–Sí, pero lo de mañana será una entrevista con Alexei Drakos, la figura pública, y tendrás que aprobar cada palabra que escriba. A mí me gustaría saber más sobre el hombre.

–¿*Off the record*? ¿Sin libreta ni grabadora?

–Nada. Solo mi promesa de que no le diré nada a nadie. Nunca.

–No tengo la costumbre de hablar de mi vida personal con nadie y menos con una periodista.

–Olvida que soy periodista. Piensa en mí como en una mujer, nada más.

Se le aceleró el pulso cuando Alexei la miró a los ojos y se quedó unos segundos en silencio.

–Sería imposible no hacerlo –le aseguró–. De acuerdo, Eleanor Markham. Tú me cuentas la historia de tu vida y yo haré lo mismo.

–De acuerdo –dijo ella–. Bueno, no hay mucho que contar. Comencé mi carrera con un trabajo en prácticas en un diario local. Después, me ofrecieron allí mismo un trabajo a tiempo completo, pero decidí ir a la universidad. Conseguí mi título en Periodismo y Fotografía. Cuando terminé, adquirí experiencia trabajando en otros medios hasta que llegué a mi trabajo de redactora actual.

–Para ser escritora, hay muy poco interés humano en tu historia, Eleanor. ¿Dónde están las historias sobre fiestas salvajes y los hombres de tu vida? –preguntó Alexei.

–Por desgracia, todo eso está en mi pasado.

–¿Todo?

–Como le dije ayer a tu madre, es duro tener una relación con un trabajo como el mío, pero tengo muy buenos amigos así que no me molesta demasiado llevar este tipo de vida. Comparada con la tuya, mi vida es muy aburrida.

–Bueno, no siempre –le recordó él mientras tomaba su mano para examinar sus magullados nudillos–. No se puede decir que fuera aburrido lo que te pasó anoche.

–Creo que aún no te he dado formalmente las gracias por rescatarme. La verdad es que cuando noté que tratabas de agarrarme en el agua, pensé que querías ahogarme.

–Ya me di cuenta. ¡Era como tratar de rescatar a una anguila! Me lancé al agua en cuanto te tiró, era lo menos que podía hacer después de que ayudaras a mi madre.

–Pues te lo agradezco mucho –le dijo ella–. Bueno, ahora ha llegado tu turno.

–¿Qué quieres saber?

–Cualquier cosa que quieras decirme. O puedo preguntarte yo... Por ejemplo, me gustaría saber por qué lo pasaste tan mal en el colegio.

Alexei se quedó en silencio durante algún tiempo, preguntándose por qué le resultaba tan fácil confiar en ella, cuando normalmente se negaba a hablar de sí mismo con nadie.

–Bueno, admitir esto no es nada bueno para mi imagen, pero la verdad es que al principio echaba mucho de menos a mi madre. Lloraba por las noches y era distinto al resto de los chicos. Hablaba bien inglés, pero con bastante acento. Cuando comenzó la temporada de rugby, las cosas empezaron a irme mejor. Hice amigos y destacaba en varios deportes. La vida se hizo un poco más soportable.

Vio que Eleanor lo miraba con compasión. Suponía que estaría tratando de imaginar al niño que había sido, tan lejos de su país y de su madre.

–Yo no me fui de casa hasta que empecé la carrera, tenía muchas ganas de volar del nido.

–Eso es mucho mejor –le dijo–. El colegio fue difícil al principio, pero la verdad es que hice buenos amigos allí. Entre ellos, el profesor que me introdujo en el mundo de la tecnología.

–He leído que hiciste una fortuna cuando aún estabas estudiando.

–Eso tengo que agradecérselo a mi abuelo por darme el dinero necesario para montar mi empresa y a mi padre. Milo Drakos me compraba el ordenador más moderno y más caro cada vez que me iba de vacaciones a su casa –le dijo él con una sonrisa triste–. Siguió haciéndolo hasta que me negué a aceptarlos.

–¿Dejó entonces de tratar de comprarte con esos regalos tan costosos?

–No. Comenzó una relación con una mujer que me odiaba –le confesó–. ¿No descubriste esa parte cuando investigaste mi pasado?

–No. ¿Tu padre sigue con ella?

Alex negó con la cabeza.

–No, la relación duró poco. Esa señora no solo se opuso a mis visitas, también le exigió que se casara con ella y que adoptara al hijo que había tenido en un matrimonio anterior. Fue un gran error por su parte. No consiguió nada. Me molesta admitirlo, pero estoy seguro de que Milo sigue enamorado de mi madre.

A Eleanor no le sorprendieron las palabras de Alexei. Había notado la tensión en el aire cuando Milo

Drakos entró en el dormitorio de su exmujer la noche anterior.

–¿Y qué le parece eso a ella? –le preguntó midiendo mucho sus palabras.

–No lo sé. Cuando saco el tema, se niega a hablar de ello. Mi bella madre puede parecer muy dulce y maleable, pero tiene una voluntad de hierro y mucho orgullo.

Se interrumpió cuando llamaron a la puerta. Era Sofia con el café.

–Todo estaba delicioso –le dijo Eleanor.

–*Efcharisto* –repuso la mujer–. ¿Necesita algo más, *kyrie*? –le preguntó a Alex.

–No, nada más por hoy, gracias.

Les dio las buenas noches y se fue.

–¿Vive cerca?

–Aquí mismo, en el *kastro*, en un apartamento que hay en la planta baja, junto a la cocina.

–¿Es viuda?

–Sí, su esposo murió un año después de que comprara la isla. Le ofrecí entonces el trabajo de ama de llaves y vive aquí con su hijo –le dijo mientras señalaba el sofá–. ¿Nos sentamos allí?

Eleanor sonrió y asintió con la cabeza.

–¿Estás más tranquila sabiendo que Sofia y Yannis duermen en el edificio?

–No, ya estaba tranquila antes.

–Entonces, tienes claro que no te haría daño, ¿no?

–Nunca se me ocurrió pensar lo contrario –le dijo ella–. Supongo que Sofia está acostumbrada a atender a otros invitados, ¿verdad?

Alex le dedicó una sonrisa que transformó su rostro. Cada vez le parecía más atractivo.

–Si lo que quieres es saber si suelo venir siempre con alguna mujer, la respuesta es negativa. Las mujeres que conozco prefieren lugares más sofisticados. Además, este sitio es mi refugio. Y, si te preocupan las apariencias, tus acciones de ayer te han asegurado muy buena reputación con los isleños. No vas a estropearlo por pasar un par de noches a solas conmigo en el *kastro* –le aseguró Alexei mientras servía el café–. Cuéntame más cosas sobre ti y la vida que llevas.

Capítulo 4

ELEANOR negó con la cabeza.

—No, prefiero hablar de Alexei Drakos.

—Con mi madre no tuviste ningún problema en hablar de ti misma.

—Eso fue diferente.

—Porque te gustó desde que la conociste. Conmigo, en cambio, todavía no estás cómoda.

—Bueno, no me encuentro todos los días con alguien que me amenaza con una demanda.

—Siempre haré lo que pueda por proteger a mi madre. Cuando te lo dije, ni siquiera te conocía. Desde entonces, las cosas han cambiado y tengo mucho que agradecerte.

—De acuerdo, lo entiendo —dijo ella—. Entonces, ¿cuándo me vas a dar la entrevista?

—Mañana mismo, si quieres.

—Sí, por supuesto.

En cuanto la escribiera y Alexei la revisara, pensaba mandársela a Ross McLean y tomar el primer vuelo de vuelta a casa. Era un hombre poderoso y atractivo, pero no le gustaba la idea de estar encerrada en esa isla ni quería seguir dependiendo de él.

—¿Qué estás pensando ahora? —le preguntó Alexei—. Me da la impresión de que no es nada bueno. Tienes un rostro muy expresivo.

—Te equivocas —replicó ella—. Me alegra que vayas a darme la entrevista mañana mismo. En cuanto la corrijas, tomaré un ferry a Creta y ya no tendrás que estar pendiente de mí.

–¿No querías pasar una semana de vacaciones? ¿Por qué has cambiado de opinión?

–En Karpyros podría haberme ido cuando quisiera. Aquí no puedo.

–No eres una prisionera, solo estás aquí por tu seguridad. Te llevaré a Karpyros en cuanto amanezca si eso es lo que quieres –le dijo él–. Pareces cansada. Te acompaño a tu habitación.

Se levantó sin aceptar la mano que le ofrecía.

–Gracias, pero no necesito que me escoltes.

–Mi intención era únicamente acompañarte hasta la puerta, lo juro –dijo Alexei.

Una ola de calor inundó su rostro.

–No pensaba en ninguna otra cosa –replicó rápidamente ella sin poder ocultar un bostezo.

Sus ojos oscuros la miraron con humor.

–Primero te ofendo y avergüenzo y ahora te aburro tanto que bostezas... –susurró él.

–Por supuesto que no –repuso ella sonriendo–. He escuchado con interés cada palabra, como haré mañana durante la entrevista.

–¿Es eso en todo lo que piensas? –le preguntó Alexei mirándola con suspicacia–. ¿Por eso trataste de rescatar a mi madre? ¿Es tan importante la maldita entrevista como para arriesgar tu vida para conseguirla?

Eleanor lo miró furiosa. Apretó los puños, se dio la vuelta y fue hasta la puerta. Pero Alexei la abrió antes de que ella pudiera hacerlo. Lo rozó al salir antes que él y fue por el pasillo hasta llegar a su dormitorio. Entró y le dio tiempo a cerrar la puerta en sus narices.

–¡Abre! –exclamó Alex tan enfadado como ella.

Lo ignoró y fue al cuarto de baño para no tener que oír sus golpes en la puerta. Le pareció una suerte que So-

fia viviera en la planta baja y no pudiera oírlos. Pero se
dio cuenta entonces de que no era nada bueno. Después
de todo, estaba allí sola con Alexei Drakos y parecía estar fuera de sí. Pero el caso era que también ella estaba
enfadada. Decidió darse otra ducha para refrescarse y
tratar de calmar sus nervios antes de acostarse.

Después de la ducha, se metió en la cama para leer un
rato, pero no podía concentrarse. A solas en el apartamento de Karpyros se había sentido segura. Pero allí, encerrada en la parte superior de esa fortaleza, sentía todo
lo contrario. Creía que la culpa la tenía Alexei Drakos.

Oyó de repente otro golpe en la puerta.

–¿Quién es? –preguntó ella.

–¿Quién va a ser? Abre, por favor.

–¿Por qué?

–Quiero hablar contigo.

De mala gana, salió de la cama y se puso la bata.
Abrió un poco la puerta y lo miró.

–No me gusta que nadie me dé con la puerta en las
narices en mi propia casa.

–Era eso o reaccionar como lo hice anoche con el
secuestrador –le dijo ella.

–Tienes mucho genio.

–¿Te extraña? ¡Me acusaste de haber ayudado a tu
madre para conseguir la entrevista! Para que lo sepas,
kyrie Drakos, solo quería evitar que ese hombre se la
llevara. Estaba tan furiosa que podría haberlo matado
con mis propias manos.

–Y casi lo consigues –dijo Alexei–. ¡Supongo que
debo darte las gracias por cerrarme la puerta en la cara en
vez de matarme! Solo quería disculparme. ¿Puedo pasar?

De mala gana, abrió la puerta y fue a sentarse en uno
de lo sillones.

–¿Estás ya más tranquila?

–Estoy en ello.

–Te pido perdón por lo que insinué antes –le dijo Alexei llevándose la mano al pecho–. Estoy seguro de que tus motivos fueron muy nobles cuando trataste de salvar a mi madre.

–Espero que de verdad estés seguro porque actué por puro instinto, sin pensar en nada que no fuera ayudar a tu madre. Y, si no me hubiera tirado al mar, le habría dado más golpes aún.

Alex sonrió al escucharla.

–Te portaste como una guerrera. Ese hombre no podía creer que hubiera sido una mujer quien lo golpeó. Y te has ganado el respeto de Theo Lazarides. Está muy impresionado contigo, Eleanor.

–Me alegra ver que alguien me respeta.

–Yo también lo hago. Aunque lo hubieras hecho para conseguir una entrevista, no puedo menos que respetar a una mujer dispuesta a ir tan lejos para conseguir lo que quiere.

–Supongo que me tomaré eso como una disculpa –le dijo con una dulce sonrisa–. Y espero que el incidente de la puerta no haya hecho demasiada mella en tu arrogancia masculina.

–Fue una experiencia nueva, aunque no me gustó –reconoció Alexei–. Siento haber aporreado después la puerta.

–Y es ya la segunda vez que lo haces hoy.

–Tendré que deshacerme de ese hábito. Mañana prometo ser dulce y amable todo el día –dijo con una irónica sonrisa–. Al menos me comprometo a intentarlo. Buenas noches.

–Buenas noches.

Alex salió del dormitorio de Eleanor y cerró la puerta tras él.

–Ahora cierra por dentro –le gritó antes de irse por el pasillo hasta su habitación.

Suspiró frustrado. No quería irse a dormir. Lo que de verdad deseaba era volver a su habitación y llevársela a la cama. El portazo que le había dado en la cara solo había conseguido despertar aún más su libido y necesitaba urgentemente una ducha fría.

Sacudió la cabeza desconcertado. No sabía por qué, pero hacía mucho que una mujer no lo atraía tanto como Eleanor. Y como iban a pasarse un par de días metidos en ese castillo y lejos del resto del mundo, le parecía absurdo no sacar el máximo partido posible a la situación.

Aunque había cerrado la puerta por dentro, a Eleanor le costó conciliar el sueño y, cuando lo hizo, tuvo terribles pesadillas. Fue un alivio que llegara por fin la mañana. Así podría hacerle por fin la entrevista e irse de allí. Alexei Drakos era un hombre muy atractivo, pero había algo en él que hacía que estuviera en tensión todo el tiempo.

Se levantó y se aseó. Después, se puso unos pantalones vaqueros cortos y una camiseta. Se recogió el pelo en una cola de caballo, estaba lista para trabajar.

Cuando llamaron a la puerta, supuso que sería Sofia con el desayuno, pero se encontró con Alex. Tenía el pelo mojado y todo su cuerpo irradiaba vitalidad, como si llevara horas despierto.

–*Kalimera*, Eleanor Markham.

–Buenos días –dijo ella sorprendida–. Pensé que sería Sofia...

–Le pedí que nos sirviera el desayuno en el salón de la torre. ¿Vienes conmigo?

–Gracias, pero no suelo desayunar demasiado –le advirtió ella mientras lo seguía.

–Es una lástima que no pudieras salir a nadar conmigo, eso te habría abierto el apetito. Pero, dadas las circunstancias, no me pareció aconsejable.

Cuando llegaron a la mesa, apartó su silla para que se sentara. Había bollos calientes, fruta fresca y dos jarras. Alexei le dijo cuál de las dos era la del té.

–Mi madre dejó tu marca favorita de té para que lo pudieras tomar –le explicó Alexei.

–¡Qué amable! –repuso ella.

Seguía sin acostumbrarse a esa situación. Estaba a punto de desayunar con Alexei Drakos. En un maravilloso salón con vistas al mar Egeo. Después del malentendido de la noche anterior, había esperado encontrarse con un hombre aún molesto, pero no dejaba de sonreír.

–Debe de ser maravilloso vivir en un lugar como este –comentó ella.

–Bueno, yo no vivo aquí. Kyrkiros es solo mi refugio, donde vengo para escapar del mundo real.

–Una casa de vacaciones que además es un castillo y donde tienes un despacho desde el que puedes controlar tu imperio, ¿no?

–Eso lo hago desde cualquier sitio.

–¿Y Stefan es el que te informa de todo lo que pasa en Atenas?

–Stefan es el que dirige mi equipo allí, sí –dijo él–. ¿No deberías estar apuntando todo esto?

–No, ya me portaré como una periodista de verdad cuando te entreviste.

–¿No será que estás intentando engatusarme para que te cuente todos mis secretos?

–Haré todo lo necesario para conseguir mi propósito –repuso de buen humor.

–¿Será una entrevista muy larga?

–Supongo que eso depende de ti y de la información que me des.

–Entonces no será larga –le advirtió Alexei–. Y, cuando termines, quiero mostrarte algo antes de que te pongas a escribirla.

–¿Me vas a enseñar las mazmorras del *kastro*? –preguntó Eleanor esperanzada.

–No, la zona del sótano aún no está arreglada. Pensaba enseñarte el jardín.

Después del desayuno, Alex la llevó hasta una escalera de caracol de piedra. Supuso que subiría a un ático o algo así.

–Iré primero –le dijo él–. Ten cuidado, los escalones son desiguales en algunos lugares.

Eleanor lo siguió intrigada. Cuando llegaron al final de las escaleras, Alex abrió una puerta y el resplandor del sol la cegó.

–Bienvenida a mi guarida secreta.

Había un bello jardín en la azotea. Enormes macetas de terracota con plantas florales rodeaban un espacio central pavimentado. Allí había mesas, sillas y sombrillas.

–¡Qué maravilla! –exclamó ella.

Había incluso una mampara suspendida entre dos pilares.

–En un sitio como este, no tienes que preocuparte por mantener tu privacidad, ¿verdad?

–No. Y cuando sopla fuerte el Meltemi al final del verano, esa mampara es muy necesaria.

–Yo también tenía que protegerme del viento en la playa cuando era pequeña. ¿A dónde ibas tú?

–Solía pasar las vacaciones de verano en casa de mi padre, en Corfú.

–Es verdad. Ahora lo recuerdo. Allí estabas demasiado ocupado nadando y jugando con el ordenador como para necesitar protección contra el viento, ¿no? –comentó ella–. Yo no salí del país hasta que me fui de viaje con mis amigos de la universidad. Uno de los mayores atractivos de mi trabajo es poder viajar.

–¿Crees que tu jefe te ascenderá o aumentará tu salario cuando le envíes el artículo?

–No, es poco probable –repuso ella riendo.

–Si quieres, puedo ponerlo como condición a la entrevista.

–No, pero gracias.

–Como quieras. ¿Cuándo quieres empezar?

–¿Te parece bien dentro de media hora? Voy a por mis cosas.

Bajaron con cuidado las empinadas escaleras y Alexei le indicó dónde estaba su despacho. Ella volvió a su habitación.

Alex la observó mientras se alejaba de él. Lamentaba haber aceptado que le hiciera una entrevista, pero tenía muy claro también que Eleanor merecía su recompensa.

Creía que, a cambio de esa exclusiva entrevista que llevaba años negando a otros periodistas, él también se merecía una recompensa, la clase de recompensa que una mujer tan atractiva como la señorita Markham podía darle.

Sonrió al mirar la cantidad de aparatos tecnológicos que tenía en su despacho. Después de una breve conversación con Stefan, se sentó en el sillón que había comprado y le habían enviado desde Londres, guardó todos los documentos que tenía sobre la mesa y se dispuso a esperar.

Capítulo 5

ELEANOR recogió sus cosas y bajó al despacho de Alexei. Llamó a la puerta y, cuando la abrió, se quedó muy impresionada.

–¡Qué sitio tan estupendo para trabajar! –comentó–. Sé que llego un poco temprano.

–¿Tan deseosa estás de empezar? –le preguntó Alexei mientras le hacía un gesto con la mano para que se sentara al otro lado de la mesa–. Pongámonos entonces manos a la obra.

Se sentó, sacó sus cosas del bolso y miró al hombre que la observaba desde su sillón de cuero.

–¿Puedo hacerte una foto?

–A mí sí, pero no saques el despacho, por favor.

Se concentró en su cara y tomó un par de fotografías. Después, preparó su cuaderno y el lápiz.

No había esperado que la entrevista fuera fácil, pero conseguir que Alexei le hablara de sus logros se le hizo cuesta arriba. No podía hacer ninguna mención a nada de índole personal. Estaba dispuesto a hablarle de la empresa que había fundado durante su adolescencia, ya que gracias a ella había podido expandir después su imperio hasta convertirlo en un gran éxito global. Le dio poca información sobre qué otras cosas le interesaban y se mostró reservado a la hora de hablar de su labor filantrópica. Le preocupaba sobre todo que los fondos llegaran directamente a quienes más los necesitaban, en lugar de perderse en los bolsillos de otros.

–¿Puedo hablar de lo que has hecho aquí en Kyrkiros? –le preguntó Eleanor.

–Por supuesto, necesitamos publicidad para nuestro proyecto.

–¿Por qué decidiste comprar esta isla en particular?

–Tenía buenas razones para sentirme agradecido con sus habitantes.

–¿Puedo preguntar por qué?

Alex se quedó en silencio un momento.

–Ya que he sacado el tema yo mismo, supongo que debería explicarlo, pero no quiero que lo incluyas en la entrevista –le aclaró Alexei–. Después de terminar la carrera, me fui de vacaciones a casa de una amiga en Creta. Navegábamos casi todos los días por el Egeo para tratar de eliminar el estrés acumulado durante los duros exámenes finales. Un día, nos fuimos más lejos de lo habitual y estalló de repente una tormenta que nos arrastró aún más lejos. Luchamos para tratar de mantener el barco a flote, pero terminó hundiéndose. Me las arreglé para agarrarme al chaleco salvavidas que llevaba Ari y nos quedamos así durante lo que nos pareció una eternidad, hasta que por fin nos rescataron.

–¿Os rescató alguien de Kyrkiros?

–Sí. Llegué a perder el conocimiento. Cuando me desperté, tenía el brazo escayolado y un terrible dolor de cabeza. Estaba tumbado en una cama aquí mismo, en el *kastro,* en lo que hoy es la cocina. El marido de Sofia me había sacado del mar y metido en su barco, pero Ari se había separado de mí y Dion Arístides la había llevado en su embarcación a Naros.

–¿Por qué no os llevaron al mismo sitio? ¿No habría sido más fácil?

–Dion decidió que se hicieran así las cosas hasta saber exactamente quiénes éramos y si estábamos casados –le explicó Alexei sonriendo–. Mi amiga Arianna

Marinos fue atendida por sirvientas de Dion, mientras que Sofia y Georg me cuidaron a mí. Poco tiempo después llegaron nuestros padres. La madre de Ari se quedó con ella en la casa de Dion y yo me fui con mis padres. Ari y yo nos recuperamos de aquella aventura y seguimos con nuestras vidas. No volví a verla hasta que fui a su boda en Creta. Una mirada a la cara de Dion cuando por fin despertó y Ari ya no tuvo ojos para nadie más, ni siquiera para mí.

–¿Y vive allí con él? –le preguntó ella muy sorprendida con la romántica historia.

–Sí, en Naros. Dion ha conseguido un vino estupendo en sus viñedos y me ha ayudado con los míos. El resto del año lo pasan en Creta, en la casa donde veraneábamos hasta que me abandonó por otro hombre –le dijo sonriendo–. Me rompí el brazo para salvarla y ella me recompensó rompiéndome además el corazón.

–Bueno, parece que ya te has recuperado. ¿Vino a la fiesta?

–No, este año no. Está embarazada y Dion la convenció para que se quedara en casa.

–Bueno, ¿y qué pasó después?

Alexei le contó que decidió invertir en la isla para mostrar así su agradecimiento a la gente de Kyrkiros, quería que tuvieran ingresos estables y les mostró cómo comercializar sus productos.

Desde el principio, había tenido muy claro que quería restaurar el *kastro*.

–No sé cuándo terminaremos las obras, pero lo más importante para mí es garantizar la seguridad de la gente que trabaja en ellas.

–¿De quién fue la idea de recuperar el Baile del Toro? –le preguntó Eleanor.

–De Arianna. Queríamos atraer la atención de los turistas y a ella, como cretense que es, se le ocurrió hacer una versión del Baile del Toro representada en Cnosos. Se encargó de estudiar el tema e ideó el baile con un coreógrafo profesional. Stefan ayudó a publicitarlo y fue un éxito desde la primera representación. Los bailarines de este año se han superado. ¿Te gustó?

–Fue una experiencia que nunca olvidaré –le aseguró ella mientras encendía su portátil y buscaba las fotos–. Mira.

Alex estudió las fotografías durante bastante rato. Después, la miró con respeto en sus ojos.

–Son muy buenas. Has conseguido capturar la historia que tiene este baile detrás –comentó mientras las miraba–. Me encanta la foto del Minotauro, parece un monstruo real. Y ha sido muy inteligente por tu parte capturar a Teseo en el momento que levanta su hacha para matarlo. Bueno, Eleanor, ¿ya tienes suficiente información para escribir la entrevista que tanto te ha costado conseguir?

–Creo que sí –contestó ella mientras recogía sus cosas–. Voy a volver a mi habitación para ponerme a trabajar en ella. Te la pasaré en cuanto esté lista.

–Pensé que querías descansar y tumbarte al sol.

–El trabajo antes que el placer –le dijo ella algo pensativa–.¿Dónde vas a estar tú?

–Supongo que estaré aquí o puede que baje un rato al gimnasio –repuso él sacando un teléfono móvil de un cajón y entregándoselo–. Toma, debería haberte dado esto antes.

–Ya he mandado correos electrónicos a mis padres para que sepan que estoy bien, pero me alegra tener de nuevo un teléfono –le dijo ella con una sonrisa–. Gracias.

–Mi número está en la agenda. Si no estoy en el despacho, llámame cuando me necesites. O ya te llamaré yo si te necesito.

Algo en su tono consiguió estremecerla y sintió una

oleada de calor por todo su cuerpo. No era la primera vez que le pasaba con él. Se dio la vuelta y se alejó por el pasillo de camino a su habitación. Sabía que Alexei la estaba observando y lamentó haberse puesto esos pantalones tan cortos. Pero estaba orgullosa de sus piernas y creía que su trasero tampoco estaba mal.

Cerró la puerta del dormitorio cuando llegó y trató de concentrarse en la tarea que tenía entre manos. Alexei se había limitado a darle datos profesionales y poco más. No le iba a ser fácil escribir la entrevista que Ross McLean esperaba, pero al menos podía darle algo más de color describiendo esa hermosa isla y promocionar así los productos que elaboraban sus gentes.

Le habría encantado poder escribir sobre su naufragio y las razones personales que habían llevado a Alex a instalarse en Kyrkiros. Sabía que a Ross le encantaría que añadiera esos detalles, pero no podía hacerlo.

Estuvo trabajando durante horas para transformar sus notas en un primer borrador. Cuando por fin terminó, guardó los cambios en el documento y apagó el ordenador. Lo llevó al despacho de Alexei y asomó la cabeza por la puerta, pero no estaba allí. Dejó el aparato en la mesa y se dio la vuelta para ir a buscarlo, pero se dio de bruces con el duro torso de un hombre.

Alex agarró su cintura para sostenerla.

—¡Cuidado! ¿A dónde vas?

—Iba a buscarte —contestó ella sin aliento y con el pulso a mil por hora—. ¿Estabas nadando? —le preguntó al ver que tenía de nuevo el pelo mojado.

Alexei negó con la cabeza y la soltó.

—He estado levantando pesas y después me he dado una ducha. Transformé una de las habitaciones de la planta baja en un gimnasio, puedes usarlo si quieres.

—No, no es lo mío, pero gracias. Me limito a hacer Pilates para mantenerme en forma.

Sus ojos oscuros la miraron muy lentamente de arriba abajo.

–Pues funciona.

Para que no viera que se había sonrojado, se dio la vuelta y encendió el ordenador portátil. Abrió el documento que acababa de escribir y se lo enseñó.

–He seguido al pie de la letra tus requisitos, así que no tardarás mucho en leerlo.

–Algo me dice que no te gusta que te haya puesto tantos límites. ¿Qué habrías añadido si te hubiera dado carta blanca?

–Me gustó mucho lo que me contaste antes, cómo te rescataron y te trajeron a Kyrkiros y que después decidiste invertir en la isla y en su bienestar para darles las gracias.

–Eso hubiera involucrado a otras personas que valoran mucho su privacidad –le dijo Alexei–. Mientras lo leo, ¿por qué no subes a tomar el sol a la azotea?

–No, prefiero ir a leer en mi habitación. Lo de la azotea será mi recompensa cuando por fin mande el artículo –le dijo ella mientras le daba el correo electrónico de Ross McLean–. Si te parece que todo está bien, ponte en contacto con mi editor y déjale las cosas muy claras antes de enviárselo.

Pero de vuelta en su habitación, no pudo concentrarse en su novela. Se sentó junto a la ventana y se distrajo mirando los barcos, la playa y el mar azul. Ella misma se sentía como si fuera el personaje de una novela o un cuento de hadas, contemplando el mundo desde su torre. Pero ella no era ninguna princesa y el apuesto príncipe debía estar en esos momentos leyendo su artículo y encontrando en él cosas que no eran de su agrado.

Cuando llamaron a la puerta, respiró profundamente antes de abrirla.

–Es muy bueno –le dijo Alexei con una sonrisa–. He hecho algunos cambios. Ven al despacho para arreglar el borrador final. Así podrás enviarlo y relajarte por fin al sol.

–Gracias –dijo aliviada–. ¿Te has puesto en contacto con Ross?

–Sí. Le he dejado muy claro que no quiero cambios y me ha prometido que no lo hará.

–¡Me habría encantado ver su cara cuando recibió tu correo electrónico!

–Podrías haber esperado a dárselo en persona. No llegarás a tiempo de verlo impreso, ¿no?

–Conociendo a Ross, ya lo tendrá enmarcado en la pared de su despacho para cuando vuelva.

Volvieron al despacho y Alex le mostró los cambios que quería que hiciera.

–De acuerdo –murmuró ella después de mirar la lista–. No me llevará mucho tiempo.

–Entonces me quedaré aquí –le dijo Alexei.

Ella asintió con aire ausente y se puso a trabajar.

Alexei se quedó contemplando su rostro, bronceado por el sol, y la intensidad con la que trabajaba. Cada vez estaba más convencido de su plan de la noche anterior. Algunos mechones de su pelo castaño se habían escapado de la cola de caballo y caían sobre sus mejillas, pero ella no parecía consciente. Estaba completamente concentrada en su trabajo y en nada más. No tardó en terminar. Después, se acomodó en su asiento y volvió a leerlo todo mientras se mordía el labio inferior.

Sintió ternura hacia ella al verla tan absorta en su trabajo. Eleanor Markham no era la mujer más bella del mundo, pero había algo en su cara y en su mirada inteligente que le atraía más que cualquier modelo o actriz que hubiera conocido. Sabía que las curvas que adivinaba bajo su ropa no eran fruto de la cirugía y, aun sin maquillaje, le atraía su rostro fresco y natural. No le gustaba su profesión, pero le encantaba Eleanor.

Y algo le decía que le gustaba más aún de lo que quería admitir. No hablaba de su vida con nadie, ni siquiera con su madre. A ella, en cambio, había llegado a contarle lo duro que había sido su primer año en el colegio y otras historias personales. Lo que era aún más raro en él, sabía que podía confiar en ella y que no iba a publicar nada con lo que él no estuviera conforme. Se dio cuenta de que, como siempre, su madre había estado en lo cierto. La compañía de una mujer inteligente era un buen cambio para él. Algo de lo que no quería desprenderse aún.

–Ya está –anunció ella por fin–. Si todo te parece bien, se lo mandaré a Ross.

Pero sabía que entonces Eleanor ya no tendría motivos para quedarse allí y querría volver a casa. Mientras revisaba una vez más el texto, comenzó a pensar en qué podía hacer para que se quedara allí unos días más. No solo porque quería acostarse con ella, sino porque disfrutaba de su compañía.

–¿Está mal? –le preguntó Eleanor al ver que tardaba–. ¿No te gusta lo que he cambiado?

–Sí, me gusta. Me hace parecer más humano. Escribes muy bien –repuso Alexei–. Mándaselo cuando quieras a tu jefe, hazle feliz. Cuando te responda para decirte que lo ha recibido, ya podrás relajarte y disfrutar del almuerzo antes de subir a la azotea para tomar el sol.

–Un plan estupendo –murmuró ella–. Aquí está –agregó cuando llegó la respuesta de su jefe.

Alex rodeó la mesa para mirar por encima de su hombro.

–«¡Buena chica! Muchas gracias, RMcL» –leyó él en voz alta.

–Buena chica –repitió Eleanor con desagrado mientras apagaba el ordenador.

–¿Preferirías que te llamara «mujer»?

–Por supuesto. ¿Te gustaría a ti que alguien te dijera «buen chico»?

–No, supongo que no. Deja que calme tu indignación con una copa de vino de Kyrkiros.

Eleanor aceptó el vino con gratitud. No sabía por qué, pero estaba agotada. Solo había escrito un artículo, estaba acostumbrada a hacerlo, pero ese era muy importante. Además, se sentía bastante tensa cuando tenía a Alexei observándola mientras trabajaba.

Era muy agradable sentarse en el cómodo sofá y disfrutar de las vistas mientras bebía ese vino.

–Me gustaría refrescarme un poco antes de la comida –le dijo a Alex–. ¿Tengo tiempo?

–Tómate todo el que quieras –respondió él con una sonrisa–. Pero no demasiado, necesitas comer después de tanto trabajo.

–Solo serán quince minutos –le prometió Eleanor.

Se puso su bañador, una camisa suelta de color rosa y unos pantalones vaqueros blancos. Aplicó un poco de brillo en sus labios y se cepilló el pelo.

–¡Qué puntual! –exclamó Alex cuando ella entró en el salón de la torre–. Eres una mujer poco común. ¿Te has dado cuenta de que te he llamado «mujer»?

Ella se echó a reír. Estaba muy contenta. Había conseguido una importante exclusiva y ya tenía todo el trabajo hecho y enviado.

–Sí, lo he notado –le aseguró ella mientras aceptaba otra copa de vino–. Gracias, lo necesitaba.

–He pedido que nos sirvan ensaladas –le dijo Alex mientras señalaba la comida que tenían ya en la mesa–. Ya cenaremos algo más fuerte.

Se estremeció al pensar en la cena, pero recordó que no era ninguna cita.

–En este momento, es justo lo que más me apetece –repuso ella levantando su copa–. Junto con esto, por supuesto. Hacéis un vino estupendo aquí en Kirkyros.

–Dion es un gran enólogo y muy preocupado por la calidad del producto final. Yo me limito a asegurarme de que se venda. Y a beberlo, claro.

–Tiene un sabor muy particular, algo así como un vino rosado, pero con más cuerpo. Está muy bueno, pero creo que no debería tomar más de una copa o se me subirá a la cabeza.

La ensalada de cangrejo estaba deliciosa y disfrutó mucho de la compañía. Le resultaba fácil hablar con él. Estuvo a punto de dejar que Alex le sirviera más vino, pero se detuvo a tiempo.

–Eres una mujer prudente –comentó él.

–Llevo demasiado tiempo esperando poder tumbarme al sol para arriesgarme ahora a sufrir una jaqueca por culpa del vino –le dijo mientras se levantaba–. Así que, si me disculpas, voy a subir ahora mismo a la azotea. Por favor, dile a Sofia que me ha encantado la comida.

–A mí también, pero creo que me ha gustado aún más la compañía –dijo Alexei mientras tocaba brevemente su pelo–. Deberías ponerte un sombrero.

–Sí, es verdad. Iré antes a mi habitación a por uno.

Alex se quedó observándola mientras Eleanor salía corriendo hacia su dormitorio. Parecía estar algo incómoda con él, como si le tuviera miedo. Era distinta a todas las mujeres que había conocido, no trataba de coquetear con él y era algo que le resultaba muy atractivo.

Sabía que iba a ser difícil convencerla para que se acostara con él, pero no le preocupaba, siempre le habían gustado los retos.

Volvió a su despacho y llamó a Stefan. Tenía algunos asuntos que tratar con él. Además, quería darle a Eleanor algo de tiempo para que tomara el sol. Después, subiría a la azotea para ver cómo estaba su huésped.

Mientras hablaba con Stefan, se distrajo mirando por la ventana. Le habría gustado poder enseñarle a Eleanor la isla, pero creía que era mejor no arriesgarse hasta que la dejara en Creta.

Sabía que nunca iba a poder olvidar el miedo que oyó en los gritos de su madre llamándolo ni las críticas que había recibido de su padre por no cuidar mejor de ella.

Decidió llamar a su madre para ver cómo estaba y decirle que Eleanor ya le había hecho la entrevista. A Talia le encantó oírlo y le felicitó por haber accedido a hacerlo. También le aconsejó que aprovechara al máximo el tiempo con su invitada.

—Ha sido muy buena idea invitarla al *kastro,* allí sabes que estará a salvo allí, Alexei *mou* —le dijo ella cariñosamente—. Dale un saludo de mi parte y recuérdale que quiero que me visite cuando vuelva a casa.

Capítulo 6

ELEANOR yacía inmóvil en una de las tumbonas de la azotea. Tenía la cara bajo una sombrilla y el resto de su cuerpo al sol. Por una vez, no tenía ganas de leer. No podía dejar de pensar en Alexei y en lo generosa que había sido la naturaleza con él.

Se dio cuenta de que tenía que irse de ese lugar mágico, corría el riesgo de enamorarse de ese hombre y sabía que eso sería un error en muchos sentidos.

Aunque habían empezado mal, ese último día había sido muy distinto. Alexei estaba siendo muy agradable y le gustaba hablar con él de cualquier cosa, pero sabía que no podía haber nada más.

Sonrió con tristeza. El único hombre de su pasado que había llegado a desear, le había dejado muy claro que para él solo era una amiga. Le había dicho que era fácil encontrar a una mujer sexy con la que acostarse, pero que no era tan sencillo conocer a una mujer inteligente con la que pudiera hablar de cualquier cosa. Sabía que Alexei la veía del mismo modo y empezaba a cansarse de ello.

Alex subió a la azotea y se quedó inmóvil al ver a Eleanor. Llevaba un bikini bastante modesto que, aunque no sabía por qué, la hacía aún más deseable. Se le fueron los ojos al moretón que tenía en un costado y apretó los puños al recordar al hombre que le había hecho tanto daño.

–Lo siento, no quería molestarte –le susurró al ver que Eleanor se daba la vuelta para mirarlo.

–No pasa nada –dijo Eleanor incorporándose y poniéndose su camisa–. De todos modos, ya llevaba demasiado tiempo tomando el sol. Es un lugar perfecto para hacerlo. ¿Pasas mucho tiempo aquí?

–No, muy poco –le dijo sentándose a su lado y tratando de controlarse para no tocar su suave piel–. Creí que lo iba a usar más a menudo, pero la verdad es que casi nunca tengo tiempo.

–No creo que tu imperio vaya a desintegrarse si te tomas un descanso de vez en cuando, ¿no?

–Hablas como mi madre. Por cierto, hablé antes con ella y me pidió que te saludara de su parte –le contó–. A ella nunca la verías aquí, siempre trata de mantener su tez muy blanca.

–Es verdad. Le compré a mi madre un libro de Christo, el fotógrafo que la hizo famosa, y siempre ha sido muy blanca. Dice de ella que fue su musa griega.

–Creo que se puso furioso cuando dejó su carrera para casarse con mi padre. Se conocieron tras una sesión fotográfica cerca de la embajada griega en Londres. Era un día muy frío y mi padre salió del edificio al verla temblar en su vestido de fiesta. Se quitó la chaqueta y se la puso sobre los hombros. Ignoró las protestas de Christo, la metió en un taxi y se fue a casa con ella.

–¡Qué romántico! –exclamó Eleanor–. ¿Fue amor a primera vista?

–No lo sé, pero no duró mucho –contestó él con cinismo–. Le pedí a Yannis que nos trajera algo para beber, pensé que tendrías sed –comentó al ver que llegaba el joven con una bandeja.

Eleanor le dio las gracias y Alex sirvió dos vasos con zumo de frutas y hielo.

–Tienes una cara muy expresiva –comentó él mientras la observaba–. Y ojos de gata.

–¡Ojos de gata! –exclamó Eleanor algo ofendida–. Muchas gracias.

–Lo que quiero decir es que son felinos y a veces dorados, fieros como los de una leona.

–Según mi pasaporte, son color avellana –dijo ella con algo de suspicacia–. ¿Podrías llevarme mañana a Karpyros para que pueda tomar el ferry hasta Creta, por favor?

–¿Tanto deseas escapar de aquí? –le preguntó él frunciendo el ceño.

–Es que sé que estás aquí por mi culpa y que tienes mucho que hacer.

–Ahora que ya has mandado el artículo, no estás dispuesta a quedarte ni un segundo más de lo necesario –le dijo él mientras le quitaba las gafas de sol–. El primer vuelo no sale hasta dentro de dos días. Tendrás que soportar tu cautiverio hasta entonces.

–No quiero que tengas que estar aquí por mí. Podrías irte. Estaré bien con Sofia y Yannis. Solo necesito que alguien me lleve a Karpyros para tomar el ferry hasta Creta.

–Debería sentirme ofendido –murmuró él–. Estás deseando deshacerte de mí. Yo, en cambio, querría que te quedaras aún más tiempo. No pienso alejarme de ti hasta que te deje a salvo en tu avión de vuelta a casa, Eleanor Markham.

–¿Por qué? Hace nada me amenazabas con hacer que me despidieran de mi trabajo...

–Siento haberte acusado sin conocerte. Soy demasiado protector con mi madre y ya sabes que no me gustan los medios de comunicación. Ya te he pedido perdón por ello. Además, ahora puedes poner en tu currículum que eres la única periodista que ha logrado entrevistar a Alexei Drakos.

–Eres demasiado orgulloso –dijo Eleanor riendo.

–Si me estás acusando de estar orgulloso de lo que he logrado en mi vida, lo admito. Es así. Pero ¿te extraña tanto que quiera mantener mi vida personal al margen del mundo?

–No, en absoluto. Sin embargo, me contaste voluntariamente algunas cosas. ¿Por qué?

–¡No tengo ni idea! Y ahora desearía no haberlo hecho. No traiciones mi confianza, Eleanor.

–Nunca lo haría –le aseguró ella.

–Pero podrías ganar mucho dinero con la información que te he dado.

–Solo si se la vendiera a otro medio de comunicación y nunca arriesgaría así mi trabajo. Además, te he dado mi palabra.

–Es verdad –dijo él devolviéndole las gafas de sol–. Háblame de tu vida en Inglaterra. ¿Tienes casa allí?

–La comparto con otra persona. Yo tengo el piso de arriba y Pat, el de abajo.

–¿De quién es la casa?

–Estamos allí de alquiler.

–Pero ¿no sería más rentable invertir en una casa de tu propiedad?

–Por supuesto, pero solo cuando pueda permitirme el lujo de vivir yo sola en una.

–¿No te gustaría casarte?

–No es nada fácil compartir una casa, así que tendría que pensármelo mucho antes de compartir mi vida con un hombre.

–Lo entiendo. Cuando veo a Arianna con Dion, no me dan ninguna envidia, aunque ella me importaba mucho, la verdad.

–¿Te importaba? ¿Solo te importaba? ¡Me dijiste antes que te rompió el corazón!

–Prefería ser un poco dramático para ganarme tu simpatía –le confesó–. ¿Lo logré?

–Solo durante un rato –contestó Eleanor–. Y, ¿no te gustaría tener niños algún día?

–Sí, me gustaría tener un hijo algún día, pero para eso no es necesario casarse.

–Entonces, ¿te limitarías a seleccionar a una madre adecuada para tener un hijo con ella y nada más? ¿Qué piensas hacer después? ¿Verlo solo durante las vacaciones de verano?

–¡No! Él viviría conmigo siempre.

–¿Y la madre? –le preguntó Eleanor perpleja.

–Bueno, podría quedarse también si así lo quisiera.

–¡Vaya! ¡Qué generoso por tu parte! –le dijo ella con ironía–. Si es una madre como Dios manda, no conseguirás apartarla de tu hijo. Eso lo sabes muy bien.

–Eso es verdad. Recuerdo lo mal que lo pasaba mi madre cuando me iba de vacaciones con mi padre. Aun así, cumplió a rajatabla los términos de su acuerdo de divorcio hasta que cumplí los dieciocho, cuando conoció a la encantadora Melania. Solo pasé unas vacaciones con ellos en Corfú. Después, no regresé nunca. Fueron las últimas vacaciones con mi padre.

–Sería muy difícil para tu madre criarte ella sola.

–Hasta que me fui a Inglaterra a estudiar, siempre contó con la ayuda de mi abuelo. Él tuvo un papel muy importante en mi vida –murmuró mientras sacudía de repente la cabeza–. Es increíble. Te estoy contando cosas que nunca las había hablado con nadie, Eleanor Markham.

–Es que tengo mucha experiencia escuchando. Siempre estaba allí cuando mis amigas querían desahogarse después de alguna ruptura amorosa o algo así.

–¿Te devolvían el favor? –le preguntó sonriendo.

–No, a mí no me gustaba hablar de mis problemas.

–Como te he dicho antes, eres distinta al resto de las mujeres.

Eleanor no dijo nada, pero empezaba a cansarse de que todos los hombres le dijeran lo mismo, que ella era distinta, que no era como las otras mujeres, que querían mantenerla como amiga y nada más.

–No te olvides de mi mal carácter –le recordó ella.

–No, te aseguro que eso no se me olvida. Me gusta ver tanta pasión en una mujer.

Trató de fingir que sus palabras no le afectaban, pero era la primera vez que le decían algo así.

–Aunque te parezca mentira, *kyrie* Drakos, casi nunca pierdo los estribos.

–¿No sueles pelearte con hombres como la otra noche?

–No –repuso riendo–. Puedes estar tranquilo, no estás en peligro conmigo.

–Un gran alivio –le dijo Alexei.

Una repentina ráfaga de viento sacudió la mampara. Se levantó para asomarse a la balaustrada.

–Tenemos que bajar, se acerca una tormenta. Puedes ir a leer a tu cuarto o al salón de la torre.

Eleanor se puso deprisa los pantalones vaqueros.

–Iré a leer a mi habitación.

–Me voy a sentir como si fuera tu carcelero –repuso Alexei–. Voy a trabajar un rato en el despacho. Si prefieres estar en el salón de la torre podrás ver cómo se acerca la tormenta.

No le apetecía nada, pero tampoco quería estar sola en su habitación.

–Gracias. Entonces puede que trabaje yo también en mi ordenador portátil. Aún tengo batería.

Cada vez hacía más viento. Bajaron deprisa las escaleras hasta su habitación.

–Aquí estás a salvo, Eleanor. Si se va la electricidad, tenemos un generador de emergencia.

–Me alegra saberlo –repuso ella.

–Bueno, luego te veo.

Se puso algo más abrigado y llegó Sofia poco después para decirle que le había servido el té en el salón de la torre. Recogió su portátil y fue hasta allí.

El día había oscurecido de repente. Era una suerte que no le hubiera pillado una tormenta como aquella durante sus trayectos de una isla a otra. Se puso a trabajar para no pensar en nada más. Al menos hasta que un relámpago iluminó el salón, oyó un trueno ensordecedor y se fue la luz.

Alex entró corriendo en el salón. Llevaba una linterna.

–Eleanor, ¿estás bien?

–Sí, solo algo sobresaltada –le dijo ella sin aliento.

Oyeron más truenos, cada vez parecían estar más cerca.

–Aquí estás a salvo –le dijo Alexei al verla algo asustada–. Tengo que salir y ayudar a Theo con el generador. Como imaginarás, no puedo usar el ascensor, pero intentaré ser rápido y volver en cuanto pueda. ¿Estarás bien aquí sola?

–Sí, por supuesto.

Alexei le dejó una linterna y, cuando ella chilló al oír otro trueno, se echó a reír. Antes de que pudiera echárselo en cara, la sorprendió dándole un breve beso en la boca.

–Estaré de vuelta tan pronto como pueda.

Se quedó inmóvil mientras escuchaba sus pasos por

el pasillo. Después, respiró hondo y volvió a su trabajo, pero no podía concentrarse. Entre la tormenta y el beso de Alex, no podía escribir nada. Apagó el portátil y se sentó en el sofá con la linterna encendida sobre la mesa.

Estuvo mucho tiempo así, pendiente de los relámpagos y los truenos hasta que por fin volvió la luz. La tormenta comenzaba a alejarse y volvía a ver estrellas en un cielo despejado.

Respiró aliviada cuando oyó a alguien en el pasillo y corrió hacia la puerta con una sonrisa, pero se desvaneció de repente cuando no vio a Alex por ninguna parte. No había nadie.

Fue a por su portátil y salió corriendo de allí. Caminó deprisa hacia su habitación, cerró la puerta tras ella y encendió la luz. Empezaba a calmarse cuando se sobresaltó al oír el teléfono.

–¿Sí? –respondió casi sin aliento.

–Siento que me llevara tanto tiempo, Eleanor, ¿estás bien?

–Ahora que se ha alejado la tormenta sí, estoy bien.

–Estupendo, ya estoy terminando aquí. Sofia me ha dicho que la cena estará lista en media hora, así que tengo tiempo para cambiarme de ropa y asearme.

Le gustó saber que Alexei ya iba de camino, pero no entendía a quién podía haber oído en el pasillo. Abrió la puerta de su habitación poco después y vio a Alex saliendo del ascensor.

–Estoy muy sucio –le dijo él sonriendo–. Necesito una ducha muy caliente. ¿Me esperas en el salón de la torre?

–Sí. Por supuesto, tómate tu tiempo. ¿Le pasaba algo al generador?

–Sí, pero hemos conseguido arreglarlo.

Eleanor volvió al salón de la torre mucho más tranquila. No sabía por qué se había asustado tanto, pero no estaba orgullosa de ello.

Se quedó sin aliento al oír unos pasos, pero se dio cuenta de que era Sofia.

—¿Está bien, *kyria*? Me preocupaba saber que estaba aquí sola, pero no puedo subir las escaleras a oscuras. Menos mal que *kyrie* Alexei puso un ascensor.

Eleanor asintió con la cabeza y sonrió. Se fue Sofia y llegó Alexei poco después. No intentó ocultar cuánto le alegraba verlo. Su camiseta marcaba cada músculo de su torso, como si se hubiera adherido a su piel, aún húmeda tras la ducha. Le entraron ganas de recorrer ese pecho con sus manos y se las llevó a la espalda para resistir la tentación.

—Siento haber tardado tanto, sería duro estar sola durante la tormenta. ¿Trabajaste algo?

—Lo intenté, pero no pude concentrarme, así que me entretuve contando los segundos entre cada relámpago y cada trueno.

—Entonces, necesitas una copa tanto como yo —le dijo mientras llenaba dos vasos.

—¿Es normal que falle la luz? —le preguntó ella sentándose en el sofá.

—Sí. Pero esta noche había además un problema con el generador.

Llegó entonces Sofia con un plato de entremeses.

—Afortunadamente, ya tenía casi toda la cena hecha antes de que se fuera la luz —le dijo Alex—. Prueba estos pasteles de queso, son los favoritos de mi madre.

—¡Qué ricos! —repuso ella—. Supongo que deberíamos comer deprisa por si vuelve a fallar la luz. Si ocurre, bajaré contigo, soy muy hábil con un destornillador.

—Eso deberías habérmelo dicho antes —le dijo Alexei levantando su copa—. Por una mujer con muchos talentos.

–Bueno, no tantos. Soy buena escribiendo y puedo cocinar un poco, pero cantar se me da fatal.

–También he oído que sabes escuchar, que eres muy buena amiga.

Eleanor suspiró.

–No debería haber presumido de eso.

–¿Por qué? ¿No te gusta que te digan que eres buena amiga?

–Bueno, depende de quién me lo diga. Un hombre me dijo una vez que era fácil encontrar a una mujer con la que acostarse, pero que yo era una rareza, una mujer a la que veía como la amiga perfecta –le confesó ella–. No era lo que quería oír, no cuando yo lo imaginaba como amante.

–Él se lo perdió –le dijo Alex mientras tomaba su cara entre las manos para que lo mirara–. Eres una mujer muy deseable, Eleanor Markham.

–Gracias –contestó sin poder evitar sonrojarse–. Creo que oigo a Sofia en el pasillo.

–Tienes muy buen oído.

–Sí, pero a veces preferiría... A veces escucho cosas que prefiero no oír.

El ama de llaves entró en ese momento con un asado de cordero y lo dejó en la mesa.

Cuando se quedaron solos de nuevo, Alexei cortó varios trozos con un cuchillo mientras ella servía las verduras.

–Está buenísimo –murmuró ella después de probarlo.

–Sofia es una gran cocinera.

Se quedaron de nuevo en silencio.

–¿Ha descubierto la policía quién contrató a Spiro Baris? –le preguntó ella de repente.

–No, pero están en ello –le explicó Alex–. Cuando sepa quién es, tendrá que rendirle cuentas a mi padre y también a mí. Porque mis padres están divorciados, pero Milo Drakos también querrá vengarse. Supongo que tenía la idea de pedir un buen rescate por ella –agregó sacudiendo la cabeza–. Pero, gracias a tu valentía, mi madre está a salvo y mi saldo bancario, también. Te debo mucho.

–No, la entrevista fue recompensa suficiente.

–Sí, pero se va a beneficiar más tu jefe que tú.

–Puede ser, pero ha sido una enorme satisfacción hacerla. No creo que Ross McLean creyera ni por un momento que iba a poder hablar contigo.

–¿No te gusta tu jefe?

–No está tan mal. Es muy bueno en su trabajo y he aprendido mucho de él –le dijo mientras se levantaba y empezaba a recoger los platos.

Sofia llegó poco después para llevárselo todo. Parecía algo nerviosa.

–Yannis y su amigo Markos estaban navegando cuando llegó la tormenta. Ahora están los dos en casa. Markos también pasará aquí la noche. Estaban empapados y parece que Yannis tiene fiebre y tose mucho –le explicó Alexei a Eleanor–. Mañana avisaremos al médico.

Eleanor buscó en su bolso y sacó unos analgésicos. Le explicó a Alexei cómo tenía que tomarlos el chico para que le bajara la fiebre y él se lo tradujo a Sofia. La mujer la miró agradecida y salió corriendo del salón.

–No sé cómo podíamos sobrevivir en Kyrkiros antes de que llegaras tú –le dijo Alex poniéndose de pie y agarrando sus hombros–. Gracias.

–No hay de qué. No necesito tu gratitud.

Trató de apartarse, pero él no la soltó. Vio que había fuego en sus ojos.

–Entonces, ¿qué es lo que necesitas? –le susurró él–. Tú has obtenido una entrevista como recompensa. Ahora, es hora de que recoja yo la mía.

Inclinó hacia ella la cabeza y la besó. Lo hizo tan apasionadamente que sintió que se deshacía entre sus brazos. Cuando sus lenguas se encontraron, una oleada de calor recorrió todo su cuerpo, nunca se había sentido así.

Alexei la aplastó contra su torso y ella se quedó de puntillas. Estaba tan cerca de su cuerpo que podía notar lo excitado que estaba mientras la seducía con su boca y su lengua. Fue un beso tan increíble que los dos tardaron en recuperar el aliento cuando él por fin se separó de ella.

Lentamente, fue aflojando sus brazos hasta que Eleanor pudo plantar de nuevo los pies en el suelo. Pero Alexei seguía sujetándola para que no tratara de alejarse.

—¿Tanto deseas escapar de mi lado? —le preguntó Alexei con voz ronca.

Como era obvio que su cuerpo deseaba seguir entre sus brazos, no se molestó en mentir.

—No —replicó ella—. Pero sé que debería hacerlo.

—¿Por qué? ¿Porque mi cuerpo te está dejando muy claro sin palabras que quiero ser tu amante?

Eleanor soltó de golpe el aire que había estado conteniendo.

—¿Quieres decir que deseas dormir conmigo esta noche? —le preguntó ella.

—No estaba pensando precisamente en dormir.

El tono de su voz hizo que le temblaran las rodillas.

—Quiero hacer el amor contigo. No solo esta noche, sino cada minuto hasta que te vayas.

Eleanor suspiró al oírlo.

—Te parecerá extraño o increíble, pero recordar que he de irme lo cambia todo, es el factor decisivo. Las aventuras de verano no van conmigo.

Alexei inclinó su rostro y la miró con sus penetrantes ojos oscuros. Después los cerró y dejó que se apartara de él.

–Vas a conseguir acabar con mi famosa arrogancia, Eleanor Markham –le dijo–. Bueno, si no quieres acostarte conmigo, tomemos juntos el postre y volvamos cada uno a nuestro cuarto.

Su reacción le pareció tan fría e indiferente que se sintió muy desilusionada. Le costó sonreír.

–Creo que no voy a tomar postre, pero gracias –contestó mientras se dirigía a la puerta–. Gracias por todo.

–¿Gracias por quererte como amante y no como amiga? –le preguntó Alexei.

–Exactamente.

–Eres una mujer muy honesta –le dijo él–. Ahora vete. Llévate tus reservas a la cama.

Eleanor le sonrió con dulzura y fue deprisa hacia su habitación. No pudo evitar sentirse de nuevo decepcionada cuando él no intentó seguirla.

Capítulo 7

A ELEANOR le costó conciliar el sueño. Dio muchas vueltas en la cama, dominada por una frustración sexual que no había tenido nunca. Cuando por fin se durmió, tuvo pesadillas y se despertó de repente con el corazón a mil por hora. Se incorporó en la cama, estaba empapada en un sudor frío y se quedó inmóvil al ver una figura en la puerta. Intentó gritar, pero no le salía la voz. Saltó de la cama y trató de escapar, pero el miedo la atenazaba y tropezó con algo. Por primera vez en su vida, perdió el conocimiento.

Cuando se despertó, estaba contra el torso desnudo de Alex y podía notar los latidos de su corazón en la mejilla.

—Estás a salvo, *agapi mu* —le aseguró él—. Solo ha sido una pesadilla. Ya ha pasado.

Abrió un poco más los ojos. Tenía miedo de lo que fuera a ver, pero no había ninguna figura monstruosa en la puerta abierta. Suspiró aliviada, pero seguía teniendo miedo.

—¿Fue solo una pesadilla?

—A juzgar por tu grito, una muy mala —le aseguró Alexei acariciando su mejilla y abrazándola con más fuerza—. Me diste un susto de muerte.

—Yo también me asusté mucho. Era tan real... Estaba de pie en la puerta y me miraba con sus ojos de cristal...

—¿Ojos de cristal?

–Sí, como el bailarín con la cabeza de toro –le dijo ella–. ¿Por qué estamos en el suelo?

–Te encontré aquí. Vine corriendo cuando gritaste y te encontré inconsciente en el suelo.

Alexei se puso de pie y la ayudó a levantarse, acompañándola a la cama.

–Me diste un buen susto. ¿Estás mejor ahora?

–La verdad es que no.

–Voy a bajar a la cocina y a prepararte un té.

–¡No! Por favor. No me dejes sola aquí arriba –le pidió tratando de sonreír–. Siento ser tan cobarde, pero el monstruo de la puerta parecía tan real.

–¿Dejaste la puerta abierta?

–No. Por supuesto que no. ¿Cómo iba a irme a la cama dejándola abierta de par en par?

–Esa aparición que viste, ¿estaba en la puerta abierta y no afuera, en el pasillo?

–Estaba aquí, en la puerta, Alex. Me quedé inmóvil, horrorizada. No podía apartar los ojos. Entonces, grité y salí corriendo, pero supongo que me caí –le dijo–. Necesito darme una ducha. ¿Te quedarás aquí hasta que salga, por favor?

–Por supuesto –dijo Alexei–. Pero que sea rápida porque quiero dar una vuelta por el *kastro*. Si viste algo real, tenemos que encontrarlo. Llamaré a Theo.

–¡No! Por favor, no –le dijo ella horrorizada–. Seguro que fue solo un sueño. Muy vívido, pero ¿qué otra cosa podría haber sido?

Alex asintió a regañadientes.

–De acuerdo, como quieras.

–Gracias, Alex –dijo ella–. Siento haber armado tanto alboroto. Por una razón u otra, te alegrarás cuando me vaya.

–Al contrario. Mi madre, como siempre, tiene razón. La compañía de una mujer inteligente es algo muy deseable.

–Pero seguro que tienes a docenas de mujeres a tus pies. Con tu fama, riqueza y todo lo demás.

–¡Qué imagen tienes de mí! Por cierto, ¿a qué te referías con «todo lo demás»?

–Lo sabes muy bien –contestó ella–. A tu aspecto físico, por supuesto –añadió algo irritada.

–Entonces, ¿me encuentras agradable a la vista?

–Sabes perfectamente que sí.

–Tú también eres muy atractiva, Eleanor –le susurró Alexei–. Te estuve mirando esta tarde en la azotea, antes de que me vieras allí.

Pero se equivocaba. Había sido muy consciente de su presencia desde que subió a la azotea.

–Tu cuerpo al sol era una vista maravillosa –le dijo con una intensa mirada–. Vi entonces el hematoma que tienes bajo las costillas y me entraron ganas de estrangular a ese tal Spiro con mis propias manos.

–Gracias. Supongo... –susurró ella–. Bueno, voy a ducharme.

Se miró en el espejo cuando entró en el baño. Estaba empapada en sudor.

Se duchó tan rápidamente como pudo. Cuando abrió la puerta, se encontró con Alex mirando perplejo su cama.

–Las sábanas estaban empapadas en sudor y las quité. ¿Sabes dónde guarda Sofia la ropa blanca? –le preguntó Alexei.

Eleanor se acercó a la cómoda y empezó a abrir cajones hasta que encontró más sábanas.

–¡Excelente! –exclamó él–. Pero hay un problema. Acabo de tocar el colchón y también está húmedo. No puedes dormir aquí esta noche –agregó–. Ve a mi cama, yo dormiré en el sofá del despacho.

–Gracias, pero no es innecesario. Puedo dormir en el sillón del salón.

–No, Eleanor. Prefiero que te quedes en mi cama.

–De acuerdo, voy a buscar algo que ponerme para dormir.

Se metió de nuevo en el baño y se puso el camisón. Cuando salió, Alexei la estaba esperando. Le ofreció la mano y ella la aceptó. No podía dejar de pensar en la pesadilla que había tenido mientras iban por el pasillo hasta el otro dormitorio. Cuando llegaron, Alexei le abrió la cama.

–Vamos, tienes que descansar. Ya no habrá más pesadillas esta noche.

–Si era una pesadilla... Parecía tan real.

–En ese caso, deberías haberme dejado que lo buscara. Pero bueno, ya lo haré mañana. Ahora, métete en a la cama –le dijo frunciendo el ceño al ver que no lo hacía–. ¿Qué pasa?

–Es que... ¿Podrías dormir aquí esta noche, Alex? ¿Por favor?

–¿Sigues asustada?

Estaba más tranquila, pero le bastaba con cerrar los ojos para verlo de nuevo. Recordaba cada detalle. Cada detalle... Abrió de nuevo los ojos y se volvió hacia Alex.

–Tenía un tatuaje en el brazo.

–¿Estás segura de que no estás pensando en el bailarín que hacía de Minotauro?

–Completamente segura. Lo he visto en mis fotografías y no llevaba ningún tatuaje.

–¿Podrías describirlo?

–No. Me miró durante un instante. Después grité y me desmayé –le dijo ella con angustia.

–Si tan real te pareció, no tengo otra opción. Tengo que buscarlo inmediatamente por el castillo.

–Bueno, pero, si tienes que hacerlo, no vayas solo.

–Estoy más preocupado por tu seguridad que por la mía, Eleanor –dijo Alexei sentándose a su lado–. Escúchame, *agapi mu*. Cuando me vaya, cierra la puerta por dentro y no la abras hasta que yo vuelva. Voy a encender todas las luces de esta planta. Aquí estarás completamente segura, pero llámame si me necesitas.

Ella asintió con tristeza, sintió ganas de estar ya de vuelta en su casa.

Alex la miró. Después, la sostuvo entre sus brazos y la besó apasionadamente.

–Métete en la cama y trata de dormir –le dijo–. Y cierra la puerta por dentro.

Alex salió al pasillo de esa planta y fue encendiendo todas las luces por las que pasaba. Llamó a Theo mientras subía las escaleras hasta la puerta de la azotea para confirmar que seguía cerrada con llave. Cuando tomó el ascensor para bajar a la planta de la cocina, abrió un poco la puerta trasera del *kastro*. Theo Lazarides salió de su casa y corrió a su encuentro. Alex le dijo rápidamente lo que había pasado y que se disponía a revisar el sótano.

–¿De verdad cree que la señorita vio a alguien, *kyrie*?

–Al principio pensé que solo era una pesadilla, pero ha recordado más cosas, como lo del tatuaje. Siento haber tenido que llamarte, Theo. Supongo que estarás cansado –le dijo Alexei–. No soy tan tonto como para creer que no tengo enemigos. Hay alguien que trata de hacerme daño o conseguir mi dinero, pero ha cometido el mayor error de su vida tratando de secuestrar a mi madre. Estoy en deuda con la señorita Markham por lo que hizo para salvarla. Lo menos que puedo hacer es buscar a quien cree haber visto esta noche.

–Entonces, ¿cree que pudiera tener algo que ver con el hombre que atacó a *kyria* Talia?

–Me temo que sí –dijo Alexei mientras comprobaba las linternas–. Si mi invitada ha visto a alguien, tengo que encontrarlo. Lo mataría con mis propias manos después del susto que le ha dado a la señorita Markham. La he dejado sola, así que será mejor que me ponga a buscarlo cuanto antes.

–¡Iré con usted, *kyrie*!

–No. Te lo agradezco, pero tengo más posibilidades de atraparlo por sorpresa si voy solo.

Cuando terminaran las obras del sótano, Alexei pretendía instalar tiendas para vender allí los productos de la isla, pero su prioridad había sido asegurar la solidez de la antigua estructura.

Armado con una linterna, bajó cautelosamente las escaleras. Ni siquiera sabía si Eleanor había visto a alguien, pero su terror le había parecido tan real, que tenía que tratar de encontrarlo. Si daba con alguien relacionado con el intento de secuestro, lo iba a pagar muy caro. Se movió silenciosamente por ese laberinto de piedra que tan bien conocía. Fue tanteando las paredes hasta que tuvo muy claro que allí no había nadie escondido.

Maldijo entre dientes y subió de nuevo las escaleras. Estaba agotado después de tanto tiempo en tensión y con los cinco sentidos en alerta máxima.

–Supongo que fue solo una pesadilla –le dijo a Theo cuando lo vio.

–Sí, pero ha hecho bien asegurándose.

Le dio las gracias y se despidió de él.

Fue silenciosamente a la cocina, no quería molestar a Sofia. Tomó unos zumos y agua mineral para Eleanor.

Sabía que no los acechaba ningún peligro. Aun así, no pudo evitar cierta sensación de inquietud mientras iba del ascensor a su dormitorio. La pesadilla de Eleanor le había parecido tan real que era difícil descartarlo.

Llamó suavemente a la puerta antes de entrar.

–Soy Alex, Eleanor.

Ella abrió enseguida, parecía muy aliviada.

–¿Estás bien?

–Sucio y sediento, pero estoy bien –le dijo mientras cerraba tras él la puerta–. No he visto a nadie, pero prefiero quedarme aquí contigo esta noche.

Sabía que lo mismo le pasaba a Eleanor, que sonrió agradecida cuando vio las bebidas.

–Has arrasado la cocina, ¿no?

–Muy sigilosamente, no quería despertar a Sofia ni a su hijo. Ahora necesito una ducha.

A solas en el dormitorio, Eleanor sintió de repente toda la tensión y los nervios que había estado conteniendo y se echó a llorar. Le había preocupado que le pudiera pasar algo a Alex.

Trató de calmarse respirando profundamente. Se limpió los ojos y se los secó, bebió un poco de agua y se acurrucó en el sillón que había junto a la cama. Cuando él salió del baño, lo recibió con una sonrisa, pero no consiguió engañarlo.

–Has estado llorando –murmuró él atónito.

–Sí, pero no es nada, solo una reacción después de lo sucedido. Estaba preocupada.

Alexei se pasó una mano por el pelo.

–Debes de estar agotada, acuéstate.

–No, gracias. Voy a dormir aquí, en este sillón tan cómodo.

–No soy ninguna amenaza para ti esta noche, *agapi mu*. Has tenido un día agotador y necesitas dormir. Yo también. Puedes descansar tranquila, Eleanor.

Alexei bostezó, se quitó el albornoz y se metió en la cama.

–No podría descansar contigo sentada ahí.

Eleanor apagó la lámpara, se quitó también el albornoz y se metió en la cama por el otro lado, tratando de mantener la mayor distancia posible entre ellos.

–Te vas a caer al suelo si intentas dormir así –comentó Alexei.

–Correré ese riesgo.

Se quedaron en silencio durante un tiempo.

–Eleanor –susurró él.

–¿Sí?

–No encontré a nadie, fue una pesadilla. Relájate. Puedes dormir tranquila. Ni los monstruos ni nadie te acechan. Ni siquiera yo.

–Gracias, Alexei. Buenas noches.

Se acurrucó lejos de él. Estaba tan cansada que se durmió enseguida.

Durante algún momento de la noche, se despertó y notó que estaba sola en la cama. Había luz en el baño. Alex abrió la puerta y se quedó mirándola.

–Te he despertado –susurró Alexei.

Apagó la luz del baño y volvió a la cama. Ella se ruborizó. Era muy extraño estar en una situación de tanta intimidad con él. Le había avergonzado mucho que la viera tan asustada.

–¿No puedes dormir? –le preguntó Alexei poco después con voz somnolienta.

–No, lo siento.

Se quedó sin aliento cuando notó que Alexei la agarraba por la cintura.

–Quédate quieta –murmuró Alex mientras la abrazaba contra su torso.

Ella obedeció, esperando inmóvil hasta que Alexei se durmiera para apartarse de él. Pero no pudo hacerlo, su brazo la aplastaba. Bostezó una vez más, estaba tan cansada...

Se despertó algo más tarde con el corazón a mil por hora y vio que estaba contra su torso.

–Estabas gritando en sueños –le dijo Alex–. ¿Tenías una pesadilla?

–Creo que sí, pero no lo recuerdo bien.

Trató de apartarse una vez más, pero Alexei no la dejó. Acarició su mejilla y le volvió la cara hacia él para besarla. Fue un beso tan suave que la desarmó por completo.

Sonó una alarma en su cerebro, una que le recordaba que aquello no era una buena idea.

Pero la boca de Alexei fue seduciéndola poco a poco, separó sus labios y dejó que la abrazara. Podía sentir lo excitado que estaba y ahogó un gemido cuando él comenzó a acariciarla, despertando el deseo en su cuerpo. Había sido una noche de tantas emociones y tensión que tenía los sentimientos a flor de piel.

Alexei ahogó su tímida protesta con más besos. Después, le quitó el camisón y fue bajando por su cuerpo con la boca. Se estremeció de placer cuando sintió que lamía uno de sus pezones mientras acariciaba el otro. Podía sentir fuego por todo su ser, desde la cabeza hasta los dedos de los pies. Cuando sintió que deslizaba la otra mano entre sus muslos, dejó de resistirse y se dejó llevar.

Alexei no tardó mucho en encontrar el centro de su feminidad y notó que ella también lo deseaba. Se sintió entonces como un animal salvaje entre sus fuertes brazos. La besó de manera mucho más apasionada mientras se colocaba sobre ella. No tardó en deslizarse en su interior.

Era una sensación increíble estar así con él, y sus cuerpos comenzaron a moverse al mismo ritmo. Cada vez con más fuerza y más rápido, hasta alcanzar una cima del placer a la que solo llegó él. Sintió cómo se tensaba su musculoso cuerpo, para dejarse llevar después con un grito salvaje. Se relajó entonces sobre ella, aplastando sus magulladas costillas.

Eleanor lo empujó por los hombros.

–Me estás haciendo daño –le susurró ella.

–Perdóname –dijo Alexei apartándose.

Ella lo miró con algo de frialdad.

–Si un hombre se despierta por la noche con una mujer en sus brazos, cualquier mujer, el resultado es inevitable –le dijo ella–. Debería haberme ido a dormir a la otra habitación, pero estaba demasiado asustada.

–No me disculpaba por lo que ha pasado, sino por mis prisas –repuso Alexei.

–No te preocupes por eso –le aseguró ella–. Lo de tener que buscar al supuesto intruso que creí ver debe de haber afectado a tu rendimiento –agregó poniéndose el camisón–. ¿Puedo usar la ducha, por favor?

–¿Tienes que preguntar?

–¡Sí!

–¿Estás enfadada? ¿Por qué? ¿Por lo poco que ha durado?

–¡No! Claro que no.

–Entonces, ¿por qué? ¿Es que sientes que te he obligado a hacerlo, Eleanor?

Eleanor negó con la cabeza.

–Sabes muy bien que yo también lo deseaba. Eres muy hábil en el juego de la seducción y me tenías rendida desde el principio. Estoy enfadada conmigo misma por haber cedido tan fácilmente.

Encendió la lámpara y vio que Alex la miraba preocupado y con los ojos entrecerrados.

–No tienes de qué preocuparte, Eleanor –le dijo él.

–Estupendo. Tú tampoco. Tomo la píldora, así que no tienes que preocuparte por eso.

–¡Eso tampoco sería un problema para mí! Si te hubieras quedado embarazada, me encargaría del niño. Solo trataba de tranquilizarte. No tengo ningún problema de salud sexual –le dijo él sonriendo al ver que se sonrojaba–. Eres una mujer sorprendente, Eleanor. Hablas con calma de la posibilidad de que hubiera un hijo ilegítimo. Pero, si te hablo de enfermedades, te sonrojas.

–No es eso. ¡Es que era un riesgo en el que no había pensado!

–Bueno, pues no tienes que preocuparte por ello.

–¡Estupendo! –repitió ella.

Contuvo la respiración mientras Alex se inclinaba para tomar su mano y besar muy despacio cada uno de sus dedos.

–¿Por qué estás tan enfadada?

–Deja de distraerme –replicó ella.

–Dime una cosa, Eleanor Markham. Si ese hombre al que deseabas hubiera sentido lo mismo por ti, ¿te habrías casado con él?

–Sí, en ese momento lo habría hecho. Pero eso fue hace años –le confesó ella sonriendo–. Ahora, voy a ducharme. Y después me pasaré el resto de la noche en ese sillón.

Alex entró en el baño cuando Eleanor terminó de ducharse.

Frunció el ceño cuando salió y vio que estaba acurrucada en el sillón con una almohada.

–Vuelve a la cama, Eleanor. Necesitas dormir y yo también. Y ninguno de los dos va a conseguirlo si te empeñas en pasar ahí la noche. Prometo dejar que duermas en paz.

Ella negó con la cabeza.

–No, voy a seguir en el sillón. Finge que no estoy aquí.

–¡Como si pudiera hacer algo así! –exclamó metiéndose en la cama–. Te irás pronto, pero creo que es poco probable que olvides tu estancia en Kyrkiros, Eleanor.

–Tienes razón. Aquí es donde conseguí una entrevista con Alexei Drakos.

Él frunció el ceño al oírlo.

–¿Va a ser eso todo lo que recuerdes?

–Por supuesto que no. También tuve la gran fortuna de conocer a tu madre.

–Y donde tuviste una pesadilla tan vívida que acababaste desmayada –le recordó él–. Cuando te encontré inconsciente en el suelo, mi corazón se detuvo.

Se estremeció al oírlo.

–Entonces, será mejor que duermas para recuperarte.

–Por la mañana, te enseñaré parte de mi isla –le dijo sonriendo–. Creo que ya no es necesario esconderse.

–Me encantará. ¿Me dejarás hacer fotografías? No serían para la revista, solo quiero recuerdos de mi tiempo aquí, Alex.

–¿Para recordarme a mí?

Ella sonrió con tristeza.

–Dudo mucho que necesite recordatorios para eso, Alexei –le aseguró ella antes de cerrar los ojos.

–Así no puedes dormir y yo tampoco –le dijo él saliendo de la cama y arrodillándose frente a ella–. Vuelve a la cama. Me quedaré aquí hasta que lo hagas.

Eleanor lo miró enfadada.

–Eso es chantaje.

–¡Ya lo sé!

–¡De acuerdo!

No iba a admitirlo, pero el sillón no era tan cómodo como parecía.

Alex se levantó y le ofreció la mano.

Eleanor sacudió la cabeza, tomó la almohada y volvió a su lado de la cama.

Él, sin decir palabra, apagó la luz y se metió también en la cama.

No podía relajarse pensando que en cualquier momento podía sentir de nuevo su brazo rodeándola. Y lo peor de todo era darse cuenta de que quería que lo hiciera.

Creía que había sido una tonta. En un par de días, iba a volver a su casa en el mundo real, a su rutina y su vida monótona. Y sabía que él se olvidaría de ella en cuanto su avión despegara.

–Te voy a echar de menos –le dijo Alexei de repente como si le hubiera leído la mente.

–No me conoces lo suficiente como para echarme de menos.

–No, pero nuestra amistad ha sido tan memorable que nunca me olvidaré de ti, Eleanor.

–Bueno, me alegra saberlo.

–Aunque sé que lo mío no ha sido tan memorable.

–Solo al principio, luego mejoró mucho cuando me concediste la entrevista.

–¿Quieres olvidarte de una vez de la entrevista? ¡Me refería a cuando hemos hecho el amor!

No pudo evitar sonrojarse al oírlo.

–Bueno, no hables más de ello. Duérmete ya.

–Dame la mano y lo haré –repuso Alexei.

Suspirando, Eleanor se dio la vuelta y extendió su mano. Él la tomó y la atrajo muy lentamente contra su cuerpo, sosteniéndola entonces contra su torso.

–Es muy agradable estar así, ¿no?

–Sí –reconoció ella.

–¿Puedes dormir así?

–No.

–¿Quieres volver a tu lado de la cama?

–No.

Alexei la abrazó con más fuerza.

–Encajas casi a la perfección en mis brazos, Eleanor.

–¿Casi?

–Trataba de suavizar mis palabras para evitar que te asustaras y escaparas de nuevo al sillón.

–No pienso hacerlo. Tenías razón, no podría haberme dormido allí.

–¿Por qué no?

Decidió quemar su último cartucho y ser sincera con él.

–Porque quiero estar aquí contigo.

Alex acercó su cara y la besó con pasión. Sin poder ahogar un gemido, ella le devolvió el beso y dejó que una de sus manos acariciara su torso desnudo.

–¿Has cambiado de idea? –le preguntó Alexei.

–Sí.

–¿Por qué?

–Porque la vida es corta y esto nunca va a volver a suceder –repuso ella sonriendo–. Ahora me dirás cómo conseguir que este momento sea aún mejor. O puede que lo haya adivinado yo –agregó sentándose y quitándose el camisón–. ¿Es esto lo que tenías en mente?

–Exacto –dijo él mientras la miraba con los ojos cargados de deseo.

–Ahora tú –ordenó ella.

Sin que tuviera que decírselo dos veces, Alexei se quitó rápidamente la única prenda que llevaba puesta. Eleanor se echó a reír.

–¿Te ríes de mí? –le preguntó él.

–No me río de ti, me río contigo.

Él sonrió y se colocó sobre ella, poniéndose de repente muy serio mientras la miraba.

–¿Qué pasa? –le preguntó preocupada.

–Nada, *glykia mou*. Todo es maravilloso, perfecto... –le dijo entre besos–. He hecho el amor con otras mujeres, pero contigo es diferente. Es diferente porque puedo reír contigo, aunque también te deseo tanto que me cuesta respirar.

Eleanor lo abrazó con fuerza. Era increíble sentir su corazón contra el de ella mientras se besaban.

—Esta vez no seré tan egoísta ni tendré tanta prisa –le prometió Alexei mirándola con deseo–. Quiero compartir... Mejor dicho, necesito compartir contigo las gloriosas sensaciones que encontré antes en tu cuerpo.

—¿Es una cuestión de orgullo para ti que la mujer con la que te acuestas llegue siempre al orgasmo? –le preguntó ella.

—Ya que lo preguntas, sí me gusta conseguirlo. Pero no se trata de orgullo, sino de compartir el placer –repuso Alexei–. ¿Te han dejado a veces tus amantes con ganas de más?

Eleanor se mordió el labio inferior antes de contestar.

—Es que no pienso en ellos como amantes.

—¡Entonces no me extraña que te dejaran insatisfecha! ¿De cuántos estamos hablando?

—¡De cientos! –exclamó Eleanor riendo al ver su cara–. Es broma. De uno o dos. Con mi trabajo, es complicado tener una relación. Viajo mucho. Conocí a mi primer novio en el instituto, pero supongo que los dos éramos demasiado jóvenes para que pensáramos en el sexo.

—¿Qué? Los adolescentes no hacen otra cosa que pensar en ello. ¡Te lo digo por experiencia!

—No, él estaba demasiado centrado en los estudios, no le interesaba el sexo conmigo.

—A mí tampoco –le dijo Alex.

—De acuerdo. Vamos a dormir entonces –repuso ella algo confusa.

—Todavía no. Antes haremos el amor, *glykia mou*.

—Pero si acabas de decir que no querías...

–No me interesa el sexo. Eso es solo una relación sin sentido, algo mecánico. Para alcanzar el éxtasis, la mente y el espíritu deben estar involucrados.

«Pero no el corazón», pensó Eleanor.

–De acuerdo –dijo mientras acariciaba con un dedo su torso–. Muéstrame cómo se hace.

Esa vez, Alex le hizo el amor lentamente, dedicando mucho tiempo a cada parte de su cuerpo. Ella no podía dejar de temblar y, para cuando por fin se deslizó dentro de ella, lo esperaba impaciente y más excitada que nunca.

La sensación de placer fue tan intensa que lograron casi de manera instantánea un ritmo perfecto que amenazaba con llevarlos al clímax demasiado pronto. Pero, esa vez, Alex la llevó al borde del abismo más de una vez, sosteniéndola muy cerca del clímax, hasta que por fin se deshizo entre sus brazos, gritando fuera de sí cuando alcanzó el más delicioso de los placeres.

Y a Eleanor no le importó que Alex se quedara donde estaba. Por alguna extraña razón, su peso se le hizo soportable en ese momento. Era maravilloso poder disfrutar de su musculoso cuerpo y acariciar los músculos de su espalda con él aún en su interior.

Sabía que uno de los dos tendría que moverse tarde o temprano, pero no iba a ser ella. Le encantaba estar así con él y disfrutar de la experiencia al máximo. Tal y como Alex le había prometido, no había sido algo simplemente mecánico. Hacer el amor con él no tenía nada que ver con nada que hubiera experimentado antes.

Alex levantó la cabeza y le sonrió. Se quedó boquiabierta al sentir que volvía a estar excitado.

–Vuelvo a desearte, *kardia mou* –le susurró él–. Tú también me deseas, ¿no?

Cuando la besó, ella respondió apasionadamente. La manera en la que reaccionaba su cuerpo era toda la respuesta que iba a necesitar Alexei. Volvieron a hacer el amor. Esa vez de forma más rápida y salvaje. Alcanzaron juntos la cota máxima de placer y se quedaron rendidos y sin aliento. Fue una sensación tan abrumadora que los dos se quedaron sin habla.

Pasó bastante tiempo antes de que Alexei se separara a regañadientes de ella. Se levantó y le ofreció la mano. Eleanor la tomó y permitió que tirara de ella.

–Vamos a ducharnos juntos y después dormimos, ¿te parece?

Ella asintió en silencio. Se echó a reír cuando Alex la levantó en sus brazos y la llevó así al cuarto de baño. La dejó con cuidado en la ducha y abrió el grifo del agua caliente.

–Será mejor que nos duchemos rápidamente. Si no, volverás a excitarme...

–¿En serio? –le preguntó ella asombrada.

–¡Por supuesto! –exclamó Alexei mientras comenzaba a enjabonarla.

Se dio cuenta enseguida de que su amenaza iba en serio y se echó a reír mientras se apartaba.

–Deja que termine de ducharme –le dijo–. ¿Me das una toalla, por favor? –le pidió después.

–¡Qué fríos sois los británicos! –se burló él–. ¿Quieres que te seque yo, *agapi mou*?

–No, gracias. Lo haré yo para poder irme ya a la cama. Estoy agotada, *kyrie* Drakos.

–No me sorprende. Entre las pesadillas y lo que acabamos de compartir... –le dijo Alexei tomando su mano y yendo con ella de vuelta al dormitorio.

Se metieron juntos y abrazados en la cama. Alexei estaba feliz.

–¿Te ha gustado? –le preguntó él entonces.

–No –contestó Eleanor adormilada–. Me ha encantado.

Él la besó suavemente y le acarició la cara.

–Mañana iremos a nadar juntos, Eleanor.

–Sí, Alex.

–Ahora duerme y descansa.

–Sí, Alex.

Él se rio y la abrazó con fuerza. Solo un día más y la señorita Eleanor Markham se iría de vuelta a su país. Su estancia en Kyrkiros había sido ya más larga de lo previsto y sabía que los dos debían salir de allí y volver al mundo real.

Tenía que encargarse de organizarlo todo para que continuaran las obras que había proyectado en la isla. Pero antes de pasar tiempo en la playa con Eleanor, pensaba echar otro vistazo al sótano del *kastro*.

Y después bañarse con ella en el mar, quería llevarla por la isla para que la conociera mejor y tuviera la oportunidad de relacionarse con sus habitantes.

Capítulo 8

ELEANOR se despertó bastante temprano. Se levantó y se puso el albornoz.

–¿A dónde vas? –le preguntó Alexei medio dormido.

–A mi habitación antes de que Sofia vea que no estoy allí.

Alexei agarró su brazo y la obligó a sentarse en la cama. La besó apasionadamente.

–Vuelve a la cama –le susurró.

–No, el colchón ya se habrá secado y quiero poner sábanas limpias antes de que llegue Sofia.

–Bueno, si tanto te importa hacerlo... –le dijo Alex mirando su reloj–. Pero Sofia no subirá hasta dentro de media hora.

–Entonces, tenemos tiempo de arreglar un poco tu cama.

Consiguió convencerlo para que la ayudara a colocar las almohadas y la colcha.

–Bien –dijo con satisfacción cuando terminó–. Ahora voy a hacer la mía.

–¿Quieres que vaya a ayudarte? –le sugirió Alexei.

–No, gracias. ¿Qué diría Sofia si te viera allí?

–Entonces, sé rápida. Iré a buscarte cuando el desayuno esté listo.

A la luz del día, le pareció increíble que hubiera pasado tanto miedo la noche anterior. Sonrió aliviada al llegar a su dormitorio y ver que el colchón se había secado. Aun así, le dio la vuelta antes de poner sábanas limpias.

Cuando terminó, se puso un bañador negro, pantalones cortos y una camiseta. Se peinó y se maquilló ligeramente. Casi le sorprendió ver su reflejo y descubrir que su aspecto era el de siempre porque se sentía muy distinta esa mañana después de la noche de pasión que había compartido con él.

Llamaron a la puerta de su cuarto y entró una sonriente Sofia.

–*Kalimera, kyria* Eleanor.

–*Kalimera*, Sofia –dijo ella–. ¿Cómo está Yannis?

–Mejor, gracias a su medicina, *kyria* –le dijo la mujer con gratitud–. *Kyrie* Alexei la espera.

Eleanor le dio las gracias y fue al salón de la torre. Alex la recibió besando su mano y apartó después la silla para que se sentara a la mesa.

–Estoy muerto de hambre –le dijo Alexei.

–La verdad es que yo también –repuso ella mirando el maravilloso desayuno.

–¿El amor te ha abierto el apetito?

«¿Amor?», se dijo ella.

Estuvo a punto de atragantarse con el café al oírlo, pero recordó que el inglés no era el primer idioma de Alexei y sería un malentendido.

–Sí, supongo que sí. Aunque a veces estas cosas me han quitado el apetito.

–¿Te refieres al idiota que no quería acostarse contigo? Se perdió algo increíble.

–Gracias –dijo ella mientras untaba mantequilla en una tostada.

–¿Estás pensando en él? –le preguntó Alexei poco después.

–La verdad es que sí. Me he dado cuenta de que una

experiencia como la de anoche habría sido imposible con él –le dijo ella con franqueza.

–¿No habría sido tan bueno como conmigo?

–No, seguro que no –le confesó ella.

Alex le dedicó una sonrisa que hizo que se quedara sin aliento.

–Me alegra oírlo. Ahora, come bien y nos iremos a nadar.

Eleanor no podía dejar de mirarlo. Tenía que regresar a casa y no iba a volver a verlo, pero no quería pensar en eso. Hasta entonces, quería aprovechar al máximo cada momento. Hacer el amor con él había sido una experiencia inolvidable y sabía que no iba a tener nunca un amante como él.

–Estás soñando despierta –murmuró Alex–. ¿En qué estabas pensando?

–En ti.

–Eres una mujer tan sincera –le dijo él poniéndose en pie para acercarse a ella y besarla–. Eres una experiencia nueva en mi vida, Eleanor Markham.

–¡Lo mismo te digo, Alexei Drakos!

–Quédate unos días más –le pidió él mientras la abrazaba con más fuerza.

–No, tengo que volver a la realidad y tu también tienes que irte.

–Pueden esperarme un poco más –le dijo Alexei.

–Pero yo no tengo tanta suerte en mi trabajo. Como me dice Ross McLean cada dos por tres, hay cientos de periodistas deseando ocupar mi puesto.

–Si ese hombre te da problemas, me encargaré de él –le dijo Alexei.

Había pensado que lo que había pasado la noche anterior no sería una novedad para él y que por la mañana iba a ser el mismo de siempre, pero se estaba comportando casi como si tuvieran una relación. Era maravilloso, pero también desconcertante.

–Gracias, pero puedo lidiar yo misma con Ross. ¿Nos vamos a nadar?

–Bueno, antes quería echar un vistazo más en el sótano.

–¿Es necesario? Ya miraste anoche y no encontraste nada. Además, te llevará mucho tiempo y me voy mañana, ¿lo recuerdas?

–¿Crees que podría olvidarlo? –repuso Alexei tomando su mano–. De acuerdo, le diré a Theo que mantenga a todo el mundo alejado de mi playa para que te pueda tener solo para mí.

Después de estar casi cautiva en el castillo, fue un alivio para Eleanor poder estar en la playa con Alex. Además, era un lugar muy privado gracias a las rocas y la vegetación que los rodeaba.

–¿Esta playa es solo para ti, Alex?

–No, solo cuando estoy aquí. El resto del tiempo puede usarla todo el mundo –le explicó él mientras se sentaban en las toallas–. ¿Te ayudo a ponerte la crema protectora? –añadió con picardía mientras le acariciaba un muslo.

–No, gracias. Ya me la puse antes de venir.

–¡Qué pena! Me habría gustado tener esa excusa para acariciarte.

Eleanor se estremeció y miró el cuerpo esbelto y musculoso que se tendía junto a ella.

–¿Quieres que te ponga crema yo?

–No, gracias. Eso me gustaría demasiado. A lo mejor más tarde, cuando estemos a solas en mi habitación.

Le sorprendió que quisiera volver a dormir con ella esa noche.

–¡Vamos a nadar! –exclamó de repente levantándose para quitarse la ropa.

Echó a correr riendo y Alexei fue tras ella. Se metió entre las olas hasta que estuvo lo suficientemente lejos como para bucear bajo el agua. Alexei se lanzó tras ella, nadando rápidamente. Lo perdió de vista un segundo y, cuando quiso darse cuenta, estaba detrás de ella, listo para salpicarla. Se echó a reír. Se sentía muy feliz y disfrutó de la faceta más juguetona de Alexei. Cuando se cansaron del agua, salieron a tomar el sol un rato.

–Tengo que ir a ver unas cosas –le dijo Alexei después–. ¿Quieres venir conmigo?

–Me encantaría, así puedo ver un poco más de la isla. Este sitio es maravilloso.

Volvieron al *kastro* para ducharse y cambiarse. Ella se puso un vestido fucsia y fue a buscarlo.

–¿Estoy bien así? –le preguntó a Alexei.

–Estás perfecta. Vamos a ir hasta la iglesia, así podrás ver el pueblo y conocer a la gente.

Eleanor se colgó su cámara, se puso las gafas de sol y un sombrero blanco de algodón.

–Estoy lista –le dijo con una gran sonrisa.

Bajaron a la cocina y salieron por la parte de atrás.

–Todo es tan raro –comentó ella mientras comenzaban a andar–. Solo hace un par de días que vine, pero me da la impresión de que ha pasado mucho más tiempo.

–Es que han pasado muchas cosas desde entonces –repuso Alex sonriendo con dulzura.

–Espera un momento, quiero hacer fotos de esas casas de la colina.

Salió una mujer de una de ellas y Alex se la presentó.

–¿Puedes pedirle permiso para hacerle una fotografía? –le preguntó Eleanor.

Alex habló con la mujer, que asintió con entusiasmo cuando Eleanor le hizo señas para que se colocara frente a la pared encalada de su casa y al lado de las macetas con flores.

Siguieron andando y muchos más vecinos salieron a su encuentro hasta que llegaron a la iglesia. También era blanca y tenía una bella cúpula azul. Allí hizo Eleanor una última foto antes de guardar la cámara.

–Me gustaría enseñarte los viñedos, pero tardaríamos demasiado –le dijo Alex de vuelta a casa–. Tienes que volver algún día para ver el resto de la isla.

Pero Eleanor sabía que eso era imposible.

–¿En qué estás pensando? –le preguntó él poco después.

–En que no van a volver a enviarme a esta parte del mundo –le dijo con pesar–. Mi próximo trabajo será en Inglaterra. Tengo que escribir sobre destinos poco comunes de fin de semana.

–Entonces, ven cuando tengas vacaciones –repuso él como si fuera la cosa más fácil del mundo.

–Kyrkiros no es un destino turístico –le recordó ella.

–Tú siempre serás bienvenida en mi cama, Eleanor Markham.

–Lo tendré en cuenta –repuso ella.

Cuando se detuvieron para que Eleanor pudiera hacer fotos de las barcas en la playa, se les acercó Theo Lazarides.

–¿Podrías volver a casa y decirle a Sofia que estamos listos para comer? –le pidió Alexei–. Tengo que hablar con Theo.

Eleanor entró al *kastro*. Entre esas gruesas paredes de piedra, la temperatura era mucho más fresca. Fue a hablar con Sofia y subió después a su habitación. Pasó las fotografías a su portátil y envió un correo electrónico a sus padres. Después, fue al salón de la torre.

–¿Dónde estabas, Eleanor? –le preguntó Alexei mientras Sofia les servía la comida.

–Escribiendo a mis padres para que vayan a buscarme al aeropuerto.

–*Kyria* Eleanor se va mañana, Sofia –le explicó Alex al ama de llaves.

–Entonces le haré esta noche una cena especial –repuso Sofia con tristeza–. Es una lástima que tenga que irse, *kyria*. Vuelva pronto.

Eleanor sonrió y esperó a que los dejara solos para mirar a Alexei.

–No creo que pueda volver. Ross es demasiado tacaño y no va a enviarme al mismo sitio tan pronto. Además... –murmuró ella–. Ha sido una experiencia única, Alexei. Del tipo que no se repite nunca.

–Nunca es mucho tiempo –repuso Alexei–. ¿Quién sabe lo que el destino nos tendrá reservado?

Ella sonrió y siguió comiendo, pero no tenía apetito.

–Pareces cansada –le dijo él–. Toma un poco de fruta y acuéstate después un rato.

–No, prefiero subir a la azotea y disfrutar al máximo de este sol antes de irme.

–Haz lo que quieras, *glykia mou*. Pero no estés allí mucho tiempo. Si no estás en tu habitación cuando yo vuelva de los viñedos, iré a buscarte.

Alexei se puso entonces de pie y le dio un apasionado beso.

–Será mejor que te vayas. No quiero que me lo eches después en cara –dijo ella.

–No te preocupes –repuso Alexei–. Después de la cena, pasaremos la noche en mi cama, disfrutando de cada minuto antes de que te vayas –agregó con firmeza–. ¿Te parece bien?

–Sabes que sí –confesó ella ruborizándose.

Se levantó para recoger los platos y Alex la ayudó a ponerlos en el carro.

–Muy bien, parece que estoy siendo una buena influencia en tu vida –le dijo ella riendo.

–Así es –dijo él muy serio–. Fue una suerte para mí que tu jefe quisiera que me entrevistaras.

Al principio, no me gustó saber que eras periodista, pero ahora me cuesta separarme de ti.

Le gustó tanto su confesión que se acercó para besarlo. Alexei la miró con sorpresa.

–Me has besado –comentó sonriente–. ¿Sabes que es la primera vez que me besas tú?

–Puede ser, pero siempre te devuelvo los que me das. No puedo evitarlo. Me besas y estoy perdida –le confesó Eleanor–. Bueno, supongo que eso no debería haberlo admitido.

–No estoy de acuerdo. Es justo lo que un amante quiere oír –le aseguró mientras salía al pasillo–. Te lo demostraré más tarde. Bueno, me voy. No pases mucho tiempo en la azotea.

–¿Vas a los viñedos en barco?

–No, tengo un coche aquí en la isla –le dijo entrando en el ascensor y despidiéndose con la mano–. *Antia, glykia mou*.

Capítulo 9

ELEANOR se acomodó bajo una sombrilla de la azotea, pero no podía concentrarse en la novela. Estaba cansada, habían sido días muy intensos. Decidió echarse una breve siesta, sabiendo además que no iba a dormir mucho esa noche. Sonrió al pensar en ello.

Cuando se despertó, se dio cuenta de que llevaba más de una hora durmiendo. Se acercó a la barandilla para contemplar las vistas. Después, miró una última vez al jardín de la azotea y bajó con un suspiro las escaleras. Estaba muy oscuro, sobre todo después de haber estado al sol. Sintió de repente un brazo a su alrededor y sonrió durante un segundo, hasta que le taparon con algo la boca. Fue entonces cuando se dio cuenta de que no era Alex.

Trató de gritar mientras luchaba con todas sus fuerzas para librarse de su captor. Pero le colocó las manos a la espalda y se quedó inmóvil cuando vio un cuchillo frente a ella. Miró entonces al hombre. Era moreno y tenía el pelo rizado. Su mirada era terrorífica.

El tipo le quitó el bolso y se lo echó al hombro. Tenía una linterna en una mano y la agarró con la otra para bajar deprisa las viejas escaleras de piedra.

Se detuvo cuando llegaron a la planta baja y maldijo entre dientes al oír la puerta de un coche y voces en el exterior. Trató de apartarse entonces, pero el hombre tiró de ella hacia atrás y la empujó hasta llegar a las escaleras que bajaban al sótano del *kastro*. Le hacía ir tan deprisa que temió torcerse un tobillo. Intentó quitarse la pulsera sin que su captor se diera cuenta. Suspiró aliviada cuando por fin lo logró.

El hombre la llevó por una ruta vertiginosa a lo largo de pasillos y escaleras hasta meterla en una especie de cueva con una estrecha abertura que dejaba entrar la luz suficiente para que viera que estaba tratando de apartar una piedra.

El hombre la empujó para que saliera por allí. Estaba furiosa y muy asustada.

Esperaba que Alexei encontrara la pulsera y fuera a buscarla. Intentó quitarse la mordaza que le había colocado, pero le entraron náuseas y temió ahogarse. Gimió desesperada. Él la miró, frunció el ceño y, después de un momento de indecisión, le quitó la mordaza mientras le decía algo. Tomó entonces una gran bocanada de aire.

—No te entiendo —le dijo ella tratando de recobrar el aliento—. Soy inglesa.

Él se quedó boquiabierto, parecía estupefacto.

—Soy periodista, vine para escribir sobre el festival.

Repitió las palabras más despacio al ver que no la entendía. Pero el hombre negó con la cabeza.

—No, Alexei Drakos nunca hablar con la prensa. Están amantes, ¿sí? —la acusó el hombre con un inglés casi ininteligible.

—No —insistió ella—. Por favor, ¿podría desatarme las muñecas? Me duelen los hombros...

—¿Cree que puede engañarme? —replicó mientras se echaba a reír.

—No, es verdad. Puede atarme las manos por delante si quiere. *Parakaló!* —le pidió ella.

El hombre le mostró entonces el cuchillo y la amenazó con él.

–Si grita, le corto el cuello.

Eleanor asintió en silencio. Se quedó muy quieta mientras desataba sus doloridas muñecas.

–¡Silencio! –le ordenó él–. Así podré sorprender a Alexei cuando venga a rescatarla –agregó mientras se pasaba el cuchillo por la garganta para ilustrar lo que le iba a hacer.

Eleanor trató de desatarse, pero no consiguió nada. Le daba la impresión de que su captor no era ningún muerto de hambre y que hablaba mejor inglés de lo que le estaba haciendo creer. Pero no era el hombre que había creído ver la noche anterior. Era más grande y no tenía ningún tatuaje en su antebrazo. Tenía un aspecto demasiado limpio y parecía nervioso, como si el plan no le estuviera saliendo como esperaba.

Cada vez estaba más asustada, pero sabía que no podía dejarse llevar por el pánico, tenía que calmarse.

–Alexei viene pronto. No gritar hasta yo diga –le dijo con una mirada amenazante.

–¡Por favor! –repuso con desdén–. Habla bien inglés, ¿por qué finge?

–Tú equivocas –murmuró algo desconcertado.

–No, no me equivoco –le dijo señalando su reloj–. Lleva un Rolex de verdad y ropa cara. ¿Quién era el hombre de la máscara de toro?

El tipo la miró y se pasó la mano por sus rizos oscuros.

–Era yo.

–La gramática está bien, pero la respuesta, no tanto. Ese hombre tenía un tatuaje.

El hombre se apoyó en la pared, parecía enfadado.

–Él dijo que se desmayó.

–Sí, me desmayé, pero antes le vi el tatuaje. Soy periodista, siempre me fijo en esos detalles.

–Es una mujer muy molesta, señora. Por su culpa,

Spiro no pudo secuestrar a *kyria* Talia. Alexei le estará muy agradecido.

—Entonces, conoce bien a Alexei.

—Demasiado bien –dijo mirando su reloj–. Ya lo oigo. Pronto vendrá su héroe.

Eleanor estaba muy angustiada. Le dolía saber que ese psicópata iba a atacar a Alexei.

—¿Por qué lo odia tanto?

—Tengo mis razones.

—¿Y de verdad pensaba hacerle daño a la madre de Alexei si no conseguía el dinero del rescate?

—No, yo no haría daño a una mujer de su edad. La quería a ella porque era la mejor manera de torturar a Alexei. Pero con usted voy a disfrutar mucho más –le dijo mientras la tocaba.

—¡Quítame tus sucias manos de encima! –le gritó asqueada.

—Tiene genio, inglesa. Aunque Markos me dijo que se desmayó del susto cuando apareció con la máscara.

«¿Markos? ¿El amigo de Yannis?», pensó Eleanor con incredulidad.

—¿Él es el que le da las órdenes?

—Nadie me da órdenes –graznó furioso–. Markos es un muchacho ignorante, pero me resultó útil porque es pobre. Le di dinero para que le comprara la máscara a los bailarines.

—¿Por qué?

—Quería que te asustara lo suficiente para que decidieras irte y volver a Karpyros. Pero te asustó demasiado y nuestro héroe corrió a rescatarte cuando te desmayaste. Así que Markos huyó y escondió la máscara –le explicó mirando de nuevo el reloj–. Alexei ya sabrá que no está. Cuando venga, grite pidiendo ayuda para traerlo hasta mí. Si no lo hace, disfrutaré haciéndole daño hasta que lo llame a gritos. Fue una suerte que los dioses pusieran a Talia Kazan en mi camino. Me ofrecí amablemente a traerla desde Karpyros. Takis estaba demasiado ocupado ese día. Cuando la vi, se me ocurrió este gran plan. El festival era el mejor momento para secuestrar a su amada madre. Podía esconderla en mi barco y exigirle un rescate. Pero usted lo echó a perder todo, así que ahora tiene que pagar por ello. Y también Alexei.

–Si lo que quiere es el dinero de Alexei, no conseguirá nada haciéndome daño –le dijo fingiendo más calma de la que sentía–. Por cierto, mi nombre es Eleanor Markham. ¿Cuál es el tuyo?

–¿Te burlas de mí?

–No, en absoluto. ¿Cómo te llamas?

–Marinos –contestó con orgullo.

Eleanor reconoció rápidamente el apellido.

–¿Eres pariente de Ari, la amiga de Alexei?

Sus ojos se estrecharon.

–¿Qué es lo que sabes?

–Alexei me habló de unas vacaciones que pasó en Creta con ella.

–En mi casa familiar, donde todo el mundo amaba a Alexei. Sobre todo, Christina.

No podía creerlo.

–¿Quién es Christina?

–Era mi novia, al menos hasta que conoció a Alexei –le dijo apretando desesperado los puños–. Ella lo siguió como un perrito y se enfadó mucho cuando mi hermana dijo que no podíamos salir a navegar con ellos. Después, me alegré. Arianna estuvo a punto de morir cuando estalló de repente una tormenta y Drakos perdió el control del bote. Afortunadamente, la rescataron. Pero después Alexei abandonó a Arianna y juré vengarme.

Se dio cuenta de que estaba desequilibrado.

–Cuando Arianna se casó con Dion Arístides, Christina aprovechó la ocasión para acercarse a Alexei y consolarlo. Cuando se cansó de ella, se vengó contándole unas cuantas mentiras a una revista. Ahora ha llegado la hora de que me vengue yo.

–¡Has tardado mucho en decidirte a hacerlo! –exclamó.

Por un momento, pensó que había ido demasiado lejos. El hombre levantó una mano para golpearla, pero bajó el brazo cuando oyó algo que lo distrajo.

–Ya está cerca. En silencio hasta que te diga que grites –le ordenó blandiendo el cuchillo.

Escuchó entonces los gritos de Alex en la distancia. La estaba llamando una y otra vez.

–¡Tiene un cuchillo! –gritó ella tan alto como pudo.

Gimió de dolor cuando el hombre le dio un puñetazo en la mandíbula.

–Y lo usaré para marcar a tu mujerzuela –rugió Marinos entonces para que lo oyera Alexei.

–¡Estúpido! ¡Así nunca conseguirás que te dé su dinero!

Marinos, fuera de sí, se abalanzó sobre ella, pero lo mantuvo a raya bloqueándolo con sus manos y le dio un rodillazo con saña en su entrepierna. Perdió el equilibrio y se cayó al suelo, pero el hombre tampoco podía moverse.

Se movió en ese momento la piedra y salió deprisa Alexei por el hueco. Fue directo a ella.

–¿Estás herida? –le preguntó.

–No, solo las muñecas... ¡Cuidado!

Esquivó de nuevo a Marinos, que se tambaleaba hacia ella con el cuchillo en alto. Alex agarró su muñeca y la retorció hasta que el cuchillo cayó al suelo.

–Veo que sigues jugando sucio –le espetó Alex con desprecio–. Ve con Theo –le dijo a ella.

Eleanor no se movió. Le asustaba lo que Alexei pudiera hacerle a ese hombre.

–¿Vas a matarlo?

Alexei se encogió de hombros y se concentró en Marinos.

–Atacaste a mi madre y a mi invitada. Incluso usando una máscara para asustarla. ¿De verdad crees que dejaré que te vayas sin pagar por esto? También mi padre quiere vengarse de ti.

–No fue él el de la máscara –apuntó ella–. Pagó a otro para que me asustara.

–Lo sé. Markos se arrepintió mucho y le confesó a Theo lo que había hecho –le dijo Alexei mientras miraba a Marinos con desprecio–. Vete, Eleanor –le pidió de nuevo.

Salió al oscuro pasillo del sótano. Cuando vio a Theo, le dio las gracias. Con él estaba Yannis, que la acompañó con una linterna hasta el piso de arriba.

Sofia los esperaba muy nerviosa en el salón y la abrazó nada más verla. Trató de tranquilizarla, explicándole como pudo que estaba bien. La mujer le puso hielo en la mandíbula y una pomada calmante en las muñecas.

–Ahora, vaya a darse un baño y le serviré el té –le dijo Sofia–. Supongo que le alegrará irse.

Eleanor sacudió la cabeza con tristeza.

Sofia la acompañó al dormitorio. Era agradable no estar sola. Le preparó un baño caliente con aceites aromáticos. Después, le ordenó que se metiera en el agua y tratara de calmarse.

Era muy agradable, pero no podía relajarse sin saber lo que estaba pasando en el sótano.

No le gustaba la idea de que Alexei se estuviera peleando con Marinos, pero entendía que quisiera desahogarse de ese modo y castigarlo por lo que había hecho.

El tiempo se le hizo eterno hasta que por fin oyó el ascensor. Salió disparada de su habitación y corrió por el pasillo hasta los brazos de Alex.

–Siento haber tardado tanto. Tenía algo que hacer después de terminar con Paul Marinos. Y no te preocupes, no lo he matado, solo le he dado un par de puñetazos. Creo que tú le hiciste más daño, *glykia mou* –le dijo con una sonrisa.

–Me alegro –dijo más tranquila–. ¿Dónde está ahora?

–Tuve la tentación de dejarlo encerrado en el sótano. Pero, como es el hermano de Arianna, le dije a Theo que lo dejara en el gimnasio. Pero ahora que veo tu cara, lamento no haberle dado una buena paliza, *kardia mou*.

Cuando llegaron a su habitación, Alexei la levantó en sus brazos y se sentó con ella en el sillón, acunándola contra su pecho.

–¿Te ha hecho algo más?

–Me duelen un poco las muñecas. Me ató las manos a la espalda y me amordazó. Fue muy desagradable, la verdad, pero me las arreglé para hacerle daño antes de que me lo hiciera a mí.

–Si se hubiera atrevido, lo habría despellejado. Ahora se encargará Dion de él. No le aprecia demasiado, pero no va a hacerle nada que pueda disgustar a Arianna. Sobre todo, ahora que está a punto de dar a luz.

–Me parece increíble que esté tan loco y desesperado como para tratar de llevar a cabo algo así. ¿Te dijo que Christina lo ha ayudado?

–Sí, por eso tardé tanto en volver. Fui a Karpyros para hablar con ella y echarle en cara que incitara a Paul Marinos de esa manera.

–¿Cuánto tiempo estuviste con Christina?

–Solo un par de semanas. Ella quería casarse conmigo, yo no.

–Por eso contó tantas mentiras sobre ti a esa revista. ¡Qué vengativa! Tanto como para idear con Paul un plan para secuestrar a tu madre y después a mí –murmuró ella–. Creo que viene Sofia.

–Sí. Voy a darme un baño mientras te tomas el té.

Alex se metió en la bañera. El agua estaba muy caliente, pero lo necesitaba después del encuentro que acababa de tener con Paul Marinos. Había pasado de ser un caprichoso adolescente a un hombre aburrido y descontento, capaz de asociarse con Christina Mavros para hacerle daño.

Había sido un placer ir personalmente a hablar con ella y decirle que el plan de Paul había fracasado. Le dijo que se fuera de Karpyros, no quería volver a verla. Y, si se atrevía a decirle alguna mentira más a la prensa, estaba dispuesto a contarle a los medios de comunicación que había participado en dos intentos de secuestro. Ella le había asegurado que era inocente, pero al final había logrado que se fuera en un ferry de vuelta a Creta.

Pero no quería pensar ni en Paul ni en Christina.

Salió del baño y se secó deprisa. Se puso una camiseta blanca y unos pantalones vaqueros. En ese momento, solo tenía en mente cómo conseguir que esa noche con Eleanor fuera maravillosa. Tanto que ella deseara que no fuera la última. De hecho, pensaba adelantar el viaje que tenía que hacer a Londres para poder verla muy pronto.

Sofia estaba poniendo la mesa cuando Eleanor llegó al salón de la torre.

–Le he traído el té, *kyria* –le dijo la mujer sonriendo–. Tiene mejor aspecto.

–Gracias, me siento mejor.

El ama de llaves la miró un momento en silencio, parecía nerviosa.

–Siento mucho que un amigo de Yannis quisiera hacerle daño, *kyria*. Markos no es malo, pero sus padres murieron cuando él era muy joven y su vida no es fácil. Le tentó el dinero que le ofreció ese hombre.

–Lo entiendo, no te preocupes, Sofia.

–Es una buena mujer. Me entristece que se vaya, vuelva pronto.

Eleanor sonrió, pero tenía un nudo en la garganta y no dijo nada.

Cuando llegó Alexei, decidió concentrarse en el presente y no pensar en nada más.

Sofia les sirvió pez espada a la parrilla y *keftedes*, albóndigas de cerdo. Les faltó tiempo para empezar a disfrutar de tan suculenta cena.

–¿Por qué me miras así? –le preguntó ella ruborizándose al ver cómo la observaba.

–Porque tengo hambre de ti, *glykia mou* –le contestó con una lenta sonrisa que hizo que se derritiera.

–Pero tienes que terminártelo todo u ofenderás a Sofia –le recordó Eleanor riendo.

–Lo sé, pero no tengo demasiado apetito –repuso él–. No puedo dejar de pensar que te vas mañana. Y, antes de llevarte al aeropuerto, tengo que llamar a Dion para que recoja a Paul.

–No necesito que me lleves a Creta –protestó ella–. Ya no corro ningún peligro. Por cierto, ¿qué tal te llevas tú con Dion?

–¿Me estás preguntando si le guardo rencor por haberme robado a Arianna?

–Supongo que sí.

–Producimos vino juntos y de vez en cuando ceno con ellos, pero nunca seremos grandes amigos –reconoció Alexei–. Su vida está en estas islas, yo tengo una visión más internacional. Después de todo, mi objetivo es llegar a eclipsar a mi padre –añadió sonriendo.

–Tengo la sensación de que hablas de él con menos hostilidad. ¿Es así?

–Puede ser. Cuando me enteré de que dudaba de que yo fuera su hijo, me entraron ganas de matarlo. Pero, por otro lado, le debo mucho. Ese odio me ayudó a triunfar en la vida.

–Pero ahora las cosas están mejor entre los dos. ¿Qué siente tu madre por él?

–No lo sé. Como te dije el otro día, nunca habla de él. Pero ya los viste el día del festival, aún hay algo entre ellos –murmuró Alexei.

–Puede ser. Y creo que tú también le importas mucho a tu padre, Alex.

Él se levantó suspirando.

–Bueno, ¿qué te parece si llevamos los postres a la habitación y nos olvidamos del mundo?

–Me parece fenomenal –dijo Eleanor mientras miraba la bandeja con té y dulces–. Voy a echar mucho de menos a Sofia cuando vuelva a casa.

–¿Y a mí? ¿Me echarás de menos?

–Sí, por supuesto –le dijo ella con sinceridad.

Fueron hasta el dormitorio y Alexei cerró tras él la puerta.

–Mi vida en Inglaterra me parecerá aún más aburrida después de lo vivido aquí. Fue genial poder explorar las islas griegas, aunque no voy a poder contar todo lo que me ha pasado en esta isla o me demandarás, claro.

–No tendré que demandarte. De eso estoy seguro. Confío en ti –le confesó Alexei–. De hecho, confío en pocas personas como confío en ti.

La llevó hasta la cama y colocó tras ella las mullidas almohadas.

–Lo de hoy ha debido de ser muy traumático, deja que te sirva yo mismo el té y unos pasteles. Y esto no lo hago por nadie más.

–¿Ni siquiera por tu madre?

–No, en Inglaterra tiene un ama de llaves que está siempre pendiente de ella. Es inteligente, leal y tiene buena puntería. Mi madre está en muy buenas manos. Me encantaría que tuvieras a alguien así en tu vida.

–Yo no necesito ayuda doméstica en casa y menos aún a una con buena puntería.

Alex se sentó a su lado en la cama y trazó con un dedo el moretón en su mandíbula.

–Cuando volví y no estabas, pensé que te habías ido con alguien a Karpyros.

–Pero ¿por qué iba a hacer algo así?

–No lo sé. Pero entonces fui a tu habitación y vi que todas tus cosas estaban allí.

–Pasé mucho miedo a manos de ese loco, pero sabía que irías a por mí.

Había pensando que Alexei querría hacerle el amor en cuanto estuvieran solos, pero parecía feliz de poder simplemente hablar con ella.

–¿En qué estás pensando? –le preguntó Alexei.

–En lo agradable que es estar así contigo, hablando.

–Otros hombres en mi lugar aprovecharían esta situación para hacer otras cosas, ¿no?

–La verdad es que no he conocido a nadie con quien me imagine así.

–Es que me gusta hablar contigo. Han sido días duros y difíciles, pero sé que los recordaré con cariño por haber tenido el extraordinario privilegio de tu compañía.

–Gracias por decirme algo tan bonito –susurró ella emocionada.

–Es la pura verdad.

Eleanor lo besó entonces de forma apasionada.

–Pero si quieres dejar de hablar durante un buen rato, tampoco me importaría, Alexei.

Sintió que se aceleraba su respiración.

–¿Me estás pidiendo que haga el amor contigo?

–¿Te lo tengo que pedir?

–No, por supuesto que no.

Alexei la desnudó rápidamente y sin dejar de besarla.

Pero sonó entonces el teléfono de Alexei y oyó que maldecía entre dientes. Se disculpó rápidamente y contestó. Le oyó hablar en griego, pero lo hacía con demasiada rapidez para que lo entendiera.

–Buenas noticias –le dijo cuando colgó–. Arianna acaba de dar a luz y los dos están bien. Pero no va a poder venir en persona para recoger a Paul como me prometió. No quiere decirle a su mujer lo que ha hecho su hermano hasta que se recupere del parto.

–¿Cómo te sientes? ¿Estás algo celoso? No me extrañaría que lo estuvieras. Después de todo, Arianna era tu novia antes de conocer a Dion.

–No, lo nuestro no fue nada serio. Su relación con Dion es completamente diferente. Y, como te dije el otro día, en cuanto conoció a Dion, no tuvo ojos para nadie más.

Eleanor conocía perfectamente esa sensación. Una mirada a Alexei y se había enamorado por completo. De otro modo, no estaría en esos momentos en sus brazos, aprovechando al máximo cada momento hasta que volviera a casa.

–¿En qué estás pensando ahora? –le susurró Alex acariciando su espalda.

–Estoy contando los minutos que me quedan antes de irme –reconoció con tristeza.

–¡No lo hagas! Sé que debes irte ya mañana, pero no es un adiós. Voy a ir a verte muy pronto a Inglaterra.

Alexei la besó entonces de una forma que le dejó muy claro cuánto la deseaba. Recorrió después con su boca cada centímetro de su cuerpo, murmurando contrariado cuando encontraba algún hematoma.

–Eleanor, ¿estás segura de que quieres hacer el amor esta noche? Lo entendería si no te apeteciera después de lo que te ha pasado.

–No se trata de hacer el amor sin más, Alexei. Lo que quiero es hacer el amor contigo –le dijo con sinceridad.

Lo deseaba tanto que su encuentro fue rápido y apasionado. Se dejaron llevar por la urgencia de su deseo. Después, siguieron entrelazados durante mucho tiempo, ninguno de los dos quería moverse.

Unos minutos más tarde, Alex se incorporó un poco y la besó.

–¿Tienes sed, *kardia mou*?

–Sí, pero no quiero que te muevas. Quédate donde estás –le rogó ella.

Alexei se rio entre dientes.

–Como quieras, pero ya sabes lo que puede pasar...

–No me importa, todo lo contrario.

Le sonrió con picardía cuando sintió que su miembro volvía a endurecerse dentro de ella.

Se besaron apasionadamente y Alexei comenzó a acariciar todo su cuerpo. Sentía que, con él, cada centímetro de su piel era una palpitante zona erógena.

Eleanor le acarició la espalda, deleitándose en sus fuertes músculos y en la suavidad de su piel bronceada por el sol. Se movieron al unísono. Al principio, muy lentamente. Después, se fue incrementando el ritmo, en búsqueda de la perfección. Él la abrazó con fuerza mientras ella se quedaba sin aliento en medio de un espectacular orgasmo. Se dejó llevar por completo hasta caer rendidos el uno sobre el otro.

Más tarde, Eleanor permaneció despierta en los brazos de Alex durante mucho tiempo. Quería saborear cada momento de esa mágica noche, ya dormiría cuando llegara a casa.

–Debes de estar muy cansada, *glykia mou* –le dijo Alex al oído–. ¿No puedes dormir?

–No quiero dormir –repuso ella.

–Esta cama va a parecerme vacía cuando vuelva a dormir en ella, aunque no sé cuándo será.

–¿A dónde tienes que irte?

–Lo más urgente es Atenas. Stefan me necesita allí. ¿Y tú? ¿Empiezas ya a trabajar?

–No, pasaré un día o dos con mis padres. Después, trabajaré en los artículos de viajes para terminarlos a tiempo –le dijo entre bostezos.

–Necesitas dormir, *kardia mou* –murmuró Alexei riéndose.

Quería seguir despierta, pero después de un día tan lleno de acontecimientos, el sueño pudo con ella y se quedó profundamente dormida entre los seguros brazos de Alexei Drakos.

Capítulo 10

ELEANOR se despertó algo más tarde a la mañana siguiente. Olía a café recién hecho y se encontró con los ojos de Alex nada más abrir los suyos.

–*Kalimera*, bella durmiente –le dijo mientras le ofrecía una taza de café.

–Buenos días –repuso ella sentándose en la cama–. ¿Te has duchado ya? –le preguntó al ver que tenía el pelo mojado.

–No, me fui a nadar para no despertarte. ¿Cómo estás esta mañana, *glykia mou*?

–Aún algo dormida, no me gusta madrugar.

–Sí, ya lo veo.

–Si quieres puedes ducharte aquí, Sofia nos servirá el desayuno en quince minutos.

–No, creo que iré a mi dormitorio. No tardo nada.

Alex trató de distraerla abrazándola, pero ella se rio y consiguió esquivarlo. Salió corriendo al pasillo. Sabía que ese podía ser su último desayuno juntos. Se duchó rápidamente y se puso vaqueros y una camiseta, quería estar cómoda para el viaje. En la cara, solo crema hidratante y un poco de brillo en los labios. Pocos minutos después, estaba en el salón de la torre.

–¡Qué rápida, Eleanor! –le dijo Alex apartándole la silla.

–Son muchos años de práctica, aunque no suele esperarme un desayuno como este.

–Deberías desayunar más –le dijo él algo nervioso–. ¿Tu compañera de casa madruga mucho?

–Sí. Pat suele salir antes que yo de casa.

–¿Os lleváis bien?

–Sí, muy bien. Nos conocemos desde hace años –contestó ella–. ¿Has visto hoy a Paul?

Alex asintió con la cabeza.

–Sí. Hablé con Dion y ha mandado a alguien ya para venir a recogerlo, pero también mi padre viene de camino, quiere enfrentarse al hombre que trató de secuestrar a mi madre.

–¡Madre mía! ¿Quieres que me quede en mi habitación hasta que se vaya?

–No, también quiere hablar contigo, Eleanor –le dijo Alexei.

–¿Sabe que soy periodista? –le preguntó algo nerviosa–. Si es así, dile que no tengo ninguna intención de escribir nada sobre él.

–No creo que le importara eso, pero sí que escribieras sobre mi madre –le confesó Alexei–. Pero no te preocupes, me has dado tu palabra. Sé que no lo harás.

–Bueno, voy a hacer la maleta. Estaré en mi habitación si me necesitas.

–¿Por qué no te quedas aquí conmigo? –le pidió Alex.

–Tengo que recoger y enviar algunos correos electrónicos –repuso ella sin mirarlo a los ojos.

–Como quieras –contestó Alex.

Sonó su teléfono y habló brevemente por él.

–Mi padre ya está en el embarcadero, no pensé que fuera a llegar tan pronto.

Ella se dio la vuelta para salir del salón, pero a Alex le dio tiempo a abrazarla antes de que lo hiciera y a darle un apasionado beso.

–Iré a verte en cuanto se vaya –le prometió él.

Después de casi tres semanas viajando, Eleanor había aprendido a hacer rápidamente una maleta. Lo recogió todo sin poder dejar de pensar en lo que estaría pasando una planta más abajo. Cuando terminó, echó un último vistazo a la habitación. Le entristecía mucho tener que irse de allí. Fue un alivio oír por fin un golpe en la puerta.

—Mi padre te está esperando —le dijo Alex—. Le gustaría verte antes de irse.

Mientras iban juntos al salón de la torre, le contó que su padre quería que Christina también pagara por lo que había hecho.

Milo Drakos se acercó a ella al verla y tomó su mano para besarla.

—Me alegra tener oportunidad de darle personalmente las gracias por ayudar a mi esposa, señorita Markham. También quiero expresarle mi pesar por el daño que sufrió a manos de Paul Marinos.

—Gracias. Ya estoy bien, solo tengo algunos moretones y magulladuras —le aseguró ella.

Milos le sonrió cálidamente. Después, miró a su hijo.

—Ese hombre no tiene problemas de dinero, así que su única motivación era vengarse de ti, Alexei.

—Y al parecer no le importaba nada quién sufriera para lograr su propósito —dijo Alexei—. Tiene suerte de que no lo matara ayer.

—Me alegra que no lo hicieras —le dijo Milo Drakos—. No querría ver a mi hijo encarcelado. Marinos no merece un destino así para ti.

—¿Qué va a pasar con él ahora? —les preguntó Eleanor.

—Tendría que pagar de alguna manera por lo que le hizo a mi esposa y a usted —contestó Milos.

—Golpeó a Eleanor, padre. También lo hizo el hombre que contrató para secuestrar a mamá —lo interrumpió Alex fuera de sí–. Eleanor tiene moretones por todo el cuerpo.

–Entiendo que te sientas así, Alexei –le dijo Milo–. Pero supongo que ya te has desahogado con Marinos. Se le han caído dos dientes y su nariz nunca recuperará su forma original.

–Eso no es suficiente –repuso Alex con dureza.

–No quiero involucrar a mi familia en esto, señorita Markham. Además, como Arianna Arístides acaba de dar a luz, no voy a denunciar a su hermano. Después de todo, no llegó a conseguir lo que se proponía, pero usted puede denunciarlo si lo desea por lesiones y tentativa de secuestro.

–No –repuso Eleanor–. Estoy a punto de volver a Inglaterra, señor Drakos. Prefiero olvidar todo el asunto. Y, si le preocupa que escriba sobre ello, ya le he prometido a Alexei que no mencionaré a su esposa ni lo que me pasó aquí. Pero, por supuesto, hablaré de la fiesta y de la idílica vida que tienen las gentes de Kyrkiros.

Milo Drakos sonrió y volvió a besar su mano con suma cortesía.

–Ha sido un gran privilegio conocerla, señorita Markham. Espero que nos volvamos a encontrar en circunstancias más agradables.

–Gracias, pero dudo que ocurra –repuso ella mirando a Alex–. Este tipo de experiencia no pasa dos veces.

–Bueno, dejaré que sea Alexei quien la haga cambiar de opinión –le dijo Milo.

Alex apagó su teléfono después de tener una breve conversación con alguien.

–Ya han llegado los hombres que ha enviado Dion, padre. Es hora de echar a Marinos de mi isla.

–Adiós, querida –se despidió Milo Drakos inclinándose de nuevo sobre la mano de Eleanor.

–Adiós, señor Drakos –repuso ella sonriendo.

Salieron los dos hombres del salón y ella volvió a su habitación. Desde la ventana podía ver la playa. Milo Drakos estuvo hablando durante mucho tiempo con su hijo y después le ofreció su mano. Se quedó sin aliento, susurrándole a Alexei que aceptara ese gesto.

Como si la hubiera oído, Alexei tomó la mano de su padre e incluso aceptó su breve abrazo. Se apartó entonces de la ventana.

Pocos minutos después, se reencontró con Alexei, de nuevo en el salón de la torre.

–No vas a creerte esto –le dijo él con una sonrisa–. ¡Mi padre me ha pedido mi bendición, quiere casarse con mi madre!

Eleanor lo miró con los ojos muy abiertos.

–¿Qué le dijiste?

–Le dije que lo que necesitaba era la bendición de mi madre, no la mía. ¿Qué iba a decirle? Al final, le dejé muy claro que si ella quiere hacerlo y es feliz, yo no tendré ninguna objeción.

–Espero que todo salga bien y sean felices. Y que tú también lo seas –le dijo ella–. Bueno, creo que tendré que irme nada más comer para tomar el ferry.

–Podrías quedarte más tiempo y después te acompaño en el helicóptero.

Volvió a sonar su teléfono y Alexei miró la pantalla antes de contestar.

–Lo siento, es importante –se disculpó entonces.

Eleanor se distrajo mirando las vistas desde la ventana mientras Alex hablaba.

–Era de nuevo Dion, necesita mi ayuda –le dijo Alexei después de colgar–. Quiere que siga a sus hombres hasta Naros para asegurarse de que llevan a Paul hasta su destino. Tiene miedo de que consiga convencerlos para que lo suelten. Por favor, espérame y te llevo des-

pués en el helicóptero, llegarás a tiempo de tomar tu
vuelo en Creta. Y, si no lo consigo, tendrás que quedarte otra noche más –le dijo mientras la abrazaba–.
¿No te parece una idea estupenda?

–La verdad es que sí –contestó Eleanor sonriendo–.
Pero antes ve a echar a Paul de tu isla.

Capítulo 11

ELEANOR se quedó unos minutos más mirando las vistas desde la ventana. Después, volvió a su habitación y se sentó ante el tocador para escribirle una nota a Alexei. Cuando terminó, suspiró y la metió en un sobre.

Ha sido una experiencia maravillosa, Alex. Pero no quiero echar a perder esa magia tratando de prolongarla, los dos debemos volver al mundo real. Dado que el destino ha intervenido para que tuvieras que irte con Paul, voy a pedirle a Yannis que me lleve a Karpyros para tomar el ferry. Por favor, no te enfades conmigo y gracias de nuevo por concederme la entrevista.

Eleanor.

Con lágrimas en los ojos, escribió el nombre de Alex en el sobre, apagó su teléfono, tomó sus maletas y bajó en el ascensor. A Sofia no le gustó saber que se iba, pero ella trató de explicarle por qué lo hacía y le entregó la carta.

—¿Me puede llevar Yannis a Karpyros? —le preguntó entre lágrimas.

Sofia la abrazó con ternura y llamó después a su hijo.

Fue un alivio que su vuelo despegara puntual de Creta. Había estado muy nerviosa esperando en el aeropuerto, temiendo que apareciera Alex en cualquier momento para tratar de evitar que se fuera.

Se echó hacia atrás en su asiento cuando el avión comenzó su ascenso y trató de relajarse. Se sentía muy mal por haberse ido de esa manera, sin despedirse, pero sabía que era lo mejor. Tal y como le había escrito en la nota, su estancia en Kyrkiros había sido mágica, pero un día más no habría cambiado nada. Tenía que volver a la realidad, no podía posponer ese momento por duro que fuera.

No creía que Alex se preocupara por tratar de encontrarla. No le había llegado a decir para qué medio trabajaba. Pensaba que quizás él la imaginara en alguno de los periódicos más importantes de Londres y no en un diario local en otra ciudad mucho más pequeña.

Le encantaba el sitio donde vivía y su trabajo, pero no tenía un puesto importante, al menos de momento. Siempre había soñado con trabajar en Londres y creía que la entrevista que le había hecho a Alexei Drakos iba a hacer que su currículum destacara entre otros. Solo ella sabía cuánto le había costado conseguirla, sobre todo emocionalmente.

Los padres de Eleanor la recibieron en el aeropuerto de Birmingham para llevarla a su casa de campo cerca de Cirencester. Después de lo movida que había sido su estancia en Kyrkiros, era muy relajante estar allí. Pasó mucho tiempo hablando con sus padres, describiéndoles las islas que había visitado y disfrutando con la comida de su madre. A Jane Markham le había impresionado mucho que se hubiera hecho amiga de Talia Kazan y estudiaba maravillada sus fotografías.

−¡Si apenas ha cambiado! Me parece increíble que llegaras a conocerla. ¿Cómo es?

–Tiene una personalidad tan bella como su cara. Es encantadora. ¡Incluso convenció a su hijo para que me concediera la entrevista que quería Ross!

–Ya la leí en el periódico –le dijo su padre con orgullo–. Lo he guardado para que lo veas. Ese Alexei Drakos parece un tipo muy apuesto.

–¿También él es encantador? –le preguntó Jane sonriendo.

–Bueno, no lo describiría así, mamá –repuso ella–. Tiene una personalidad muy fuerte.

George Markham la miró con el ceño fruncido.

–¿No te gustó?

–La verdad es que me gustó mucho.

Sus palabras no alcanzaban a describir en absoluto lo que sentía por él, pero no quería pensar en eso y cambió rápidamente de tema. Le pidió a su padre que le enseñara el artículo. Había una foto de Alexei, la que él había elegido, y una más pequeña de ella al lado de su nombre.

En cuanto Eleanor regresó a su trabajo en la *Crónica,* le dijeron que Ross McLean quería verla.

–¡Muchas gracias, Markham! –exclamó furioso nada más verla mientras le mostraba un artículo de una revista del corazón–. Explícame esto.

Vio horrorizada fotografías de Talia Kazan y Milo Drakos. El titular daba a entender que podían haberse reconciliado después de años separados.

Tomó la revista y leyó el artículo:

Talia Kazan, la que fuera una de las modelos más conocidas de los setenta, divorciada del magnate Milo Drakos solo un año después de su boda con él, ha sido vista en la isla que su hijo, el cono-

cido empresario Alexei Drakos, tiene en el Egeo. Al parecer, también estuvo allí el propio Milo. ¿Significará eso que se han reconciliado? ¿Qué pensará de ello Alexei, que lleva años sin hablarse con su padre?

–¿Qué tienes que decir? –le preguntó Ross fuera de sí–. Estabas allí, así que habrás visto a Talia Kazan. La entrevista que escribiste es de lo más aburrida comparado con esto. ¿Acaso le has vendido la información a esta revista?

–¡Por supuesto que no! –replicó indignada–. De hecho, solo pude conseguir esa «aburrida entrevista» con la que tan encantado estabas prometiéndole a Alexei Drakos que no iba a mencionar a su madre.

–Entonces, ¿quién demonios escribió esto?

–No tengo ni idea. El festival anual reúne a una multitud de personas. Cualquiera podría haber visto a Talia Kazan y a Milo Drakos, aunque nunca estuvieron juntos en público.

–¡Pero tú los viste!

–Conocí a la señora Kazan y me invitó a sentarme con ella para disfrutar del festival. De hecho, ella fue la que convenció a su hijo para que me diera la entrevista. Pero para ello tenía que prometer no mencionarla a ella. Si leen esa revista, van a pensar que rompí mi palabra.

–Y eso es importante para ti –repuso Ross algo más tranquilo.

–Sí, Alexei Drakos me dijo que nos demandaría si aparecía el nombre de su madre.

–Bueno, ahora tendrá que demandar a esta revista –le dijo su jefe–. Cuando me escribió, me dio instrucciones muy precisas sobre cómo quería que se publicara la entrevista. Fue él quien insistió en que incluyéramos una foto tuya al lado de tu nombre. Así, cuando nos dejes un día para irte a Londres, como sé muy bien que harás, tu cara ya será conocida para los grandes periódicos de la capital.

Aclaradas las cosas, decidió cambiar de tema.

—Bueno, ahora que ya sabes que no te he traicionado, me pondré a trabajar. ¿Para cuándo quieres el primero de mis artículos de viaje?

—Para hoy mismo, por supuesto.

—Por supuesto —repitió ella.

Le alegró salir de su despacho y ponerse a trabajar, pero no podía quitarse de la cabeza lo que acababa de decirle Ross.

Pasó todo el día trabajando duro y terminó el primero de los artículos de viaje. Ross quería publicar uno cada día de la semana, dejando el último, el de Kyrkiros, para el sábado.

Sandra Morris, una de sus compañeras, la felicitó al ver las fotografías que había hecho.

—Gracias —repuso ella—. La verdad es que hay muy buena luz en las islas griegas.

—No seas modesta. Las fotos de los bailarines a la luz de las antorchas son espectaculares —le dijo—. Pero me da la impresión de que te pasa algo, no has sido la misma desde que volviste.

—Estoy bien, solo algo cansada.

Además, sentía que tenía la espada de Damocles sobre su cabeza y no quería ni pensar en lo que pensaría Alexei si veía el artículo de la revista del corazón.

Cuando pasaron las horas y siguió sin noticias de él, pensó que quizás no lo hubiera visto. No creía que Talia comprara ese tipo de revistas. Y sabía que Alex y Milo seguían en Grecia.

Volvió a casa agotada y cenó con Pat. Fue muy agradable hacerlo y hablaron sin descanso de sus viajes.

Sentía que todo iba volviendo a la normalidad, pero apenas pudo dormir esa noche. No dejaba de pensar en Alex y su cuerpo anhelaba su compañía.

Al día siguiente, el corresponsal de deportes le dijo que Ross quería hablar con ella.

Suspiró y fue directa al despacho de su jefe.

—Cierra la puerta —le espetó McLean al verla—. Siéntate.

Ross McLean rara vez les pedía a sus periodistas que se sentaran, solo si iba a despedirlos. Se preparó para lo peor.

—Acabo de recibir este correo electrónico de Alexei Drakos y he decidido imprimirlo para enseñártelo.

—«Necesito inmediatamente el número de teléfono de Eleanor Markham y su dirección» —leyó ella en voz alta—. Bueno, parece que ha leído el artículo de la revista.

—Un tono bastante dictatorial el de ese tipo, ¿no? —comentó Ross—. ¿Le doy lo que me pide?

—Parece que no tengo otra opción —repuso angustiada—. Pero dale la dirección de aquí, en Pennington. No quiero que moleste a mis padres.

—De acuerdo, como quieras. Y será mejor que no estés sola cuando vaya a verte.

—No va a venir a verme, se limitará a decirme lo que piensa de mí por teléfono. Bueno, será mejor que me ponga a trabajar.

Ross se puso en pie, parecía preocupado.

—Si necesitas ayuda, dínoslo, Eleanor. En la *Crónica* cuidamos de nuestros empleados.

—Gracias —repuso ella emocionada.

Eleanor llegó agotada a casa esa noche. Había tenido mucho trabajo ese día y la tensión añadida de que Alexei la llamara en cualquier momento. Cuando Pat la llamó al oírle entrar, tenía pocas ganas de hablar con nadie.

–¡Espera un momento, Eleanor!

Se dio la vuelta y tuvo que forzar una sonrisa.

–¿Qué pasa?

–¡Eso debería preguntarte yo a ti! Vino alguien a verte hace una hora. Un caballero que estuvo a punto de darme un puñetazo cuando le dije que vivía aquí contigo –le dijo Pat–. ¿Acaso le has engañado haciéndole creer que yo era una chica?

–Siento decirte esto, Pat, pero no hablé de ti en absoluto –replicó Eleanor sentándose en las escaleras–. ¿Qué es lo que pasó?

Pat fue a sentarse a su lado.

–Quería saber a qué hora volvías. Me recordó a Terminator, pero mucho más guapo.

Eleanor gimió y se apoyó en el hombro de su buen amigo.

–¿No apareció blandiendo una revista en la mano, por casualidad?

–No, pero lo reconocí después de leer tu artículo. Era ese tipo griego al que entrevistaste. ¿Qué hiciste? ¿Vender tu cuerpo para conseguirlo o algo así? Ya he visto que no sería ningún sacrificio... ¡Dios mío, Eleanor! Era broma. ¡No llores! –exclamó Pat abrazándola.

Después de un buen rato tratando de consolarla, Pat se levantó y la llevó a la cocina.

–¿Café, té o whisky? –le preguntó.

–Creo que cicuta –repuso ella secándose los ojos.

–No seas tan dramática. Voy a hacerte una buena taza de té y me cuentas todo, ¿de acuerdo?

Le dijo de la manera más breve posible todo lo que había ocurrido.

–Supongo que alguien vio a Talia Kazan y a su ex-marido en la isla y vendió la información al mejor postor. Pero Alex no se va a creer que no he sido yo –le dijo muy abatida.

–¿Alex? –repitió Pat levantando las cejas.

Ella no le hizo caso y se refugió en su té.

–¿Quieres algo más con eso, cariño?

–No me vendría mal una aspirina para el dolor de cabeza que tengo, pero ya tomaré algo luego –dijo ella–. ¿Te dijo Alex cuándo iba a volver?

–No, y no fui lo suficientemente valiente para preguntarle. Pero, si quieres un poco de apoyo cuando venga, aquí estaré.

–Gracias, amigo. Pero Alexei Drakos no me da miedo.

–Me alegra saberlo –le dijo Pat muy serio–. Pero lo decía de verdad, estoy aquí.

–Lo sé –repuso dándole un beso en la mejilla–. Gracias y buenas noches.

Eleanor subió con firmeza las escaleras para que Pat no se preocupara, pero se echó a llorar en cuanto cerró la puerta de la habitación.

Después, fue directa al baño para tomarse un par de analgésicos. Aún no había cenado, pero necesitaba mucho más un baño caliente. Empezó a llenar la bañera y justo cuando se metió dentro, sonó el timbre. No le hacía falta preguntar quién era, lo sabía de sobra.

–Soy Alexei, Eleanor. Tengo que hablar contigo.

–Es tarde.

–No, no lo es. Déjame entrar –le pidió él–. ¿O he de pedírselo a tu buen amigo Pat?

Pulsó el intercomunicador para abrir la puerta principal y se puso una bata. Después, se pasó rápidamente el peine por su pelo mojado y salió al rellano. Alex estaba hablando con Pat en el salón, le sorprendió verlo con un traje oscuro.

–*Geia sas*, Eleanor –le dijo al verla.

–Hola –contestó ella–. No te preocupes, estaré bien –le dijo a Pat con una sonrisa tranquilizadora.

Alex miró también a Pat con el ceño fruncido.

–¿Es que crees que voy a hacerle daño?

–Espero que no –advirtió Pat–. Si me necesitas, no tienes más que gritar –le dijo a Eleanor.

–Sube –le pidió ella a Alex.

Le hizo un gesto para que se sentara cuando llegaron a su salita, pero él cerró la puerta y se quedó de pie mientras la miraba con una acusación en sus ojos.

–¡Te fuiste sin decirme nada! ¿Por qué?

–¿No recibiste mi nota?

–Sí, pero no entendía nada. ¿Acaso el tiempo que pasamos juntos no significó nada para ti? Volví de Naros y te habías ido. Te llamé al teléfono que te di y estaba desconectado. ¿Se te perdió?

–No, lo apagué y me compré otro cuando llegué a casa –respondió ella en voz baja.

–¿Para que no pudiera ponerme en contacto contigo? –le preguntó–. ¿Por qué?

–Porque, como te decía en mi carta, ya era hora de volver al mundo real y seguir adelante con mi vida. Siento haberte dado la impresión equivocada. Soy periodista, pero no quise decirte que trabajaba en un modesto de periódico de Pennington.

–Eso ya lo sabía –dijo él–. Te busqué en Internet cuando me diste el correo electrónico de Ross McLean.

–Bueno, entonces ya sabrás lo distintos que somos. Tú pasas la vida entre Atenas, Londres y Nueva York. Para mí ese viaje a las islas griegas fue el trabajo más glamuroso que he tenido –le dijo ella–. ¿Has venido porque has visto el artículo en esa revista? Yo no lo escribí, Alex.

–¡Eso ya lo sé! Sabía que tú no romperías tu palabra, Eleanor.

Se sintió muy aliviada al oírlo.

—¿Vas a demandar a la revista?

Alexei sonrió y levantó su mano para besarla.

—Me contó hace poco cierta periodista que no se puede demandar a nadie si los hechos son correctos. Y, en este caso, lo son. Mis padres se van a volver a casar.

Eleanor lo miró con incredulidad.

—¿En serio? ¿Y cómo te sientes tú? ¿Qué te parece?

—Mi madre está feliz, así que yo también. Pero le dije a mi padre que, si vuelve a hacerle daño, lo mataré.

Ella sonrió al oírlo.

—¿Qué te dijo él?

—Eso está mejor —murmuró Alexei.

—¿El qué?

—Por fin me has sonreído.

Su sonrisa se hizo aún más grande al oírlo.

—Mi padre entendió mi amenaza, pero me ha asegurado que no va a pasar porque dedicará el resto de su vida a hacer feliz a mi madre.

—Eso es maravilloso. Me gustó mucho tu padre.

—El sentimiento es mutuo. Me dijo que era un tonto por haberte dejado escapar —le dijo muy serio—. Me dolió mucho volver y ver que mi pajarito había volado, Eleanor. Y mi estado de ánimo no mejoró cuando mi madre, que por alguna razón está convencida de que estoy locamente enamorado de ti, también me llamó para echarme en cara que no te retuviera allí.

—Y, ¿lo estás? ¿Estás enamorado de mí? —le preguntó Eleanor conteniendo el aliento.

Él sacudió la cabeza con incredulidad.

—¿Crees que tendría alguna otra razón para seguirte al otro lado del mundo?

—Pensé que venías a echarme en cara que hubiera roto mi palabra.

—Sabía que no lo habías hecho tú —le dijo Alexei.

–¿Tanto confías en mí?

Alex le dedicó una sonrisa.

–Por supuesto, pero confieso que Stefan llamó a la revista para conocer el nombre del reportero. Eleanor abrió la boca para protestar, pero Alexei se lo impidió dándole un beso que la dejó sin aliento. Era increíble estar de nuevo entre sus brazos.

–Y tú estás enamorada de mí, Eleanor –le dijo él cuando se apartó de ella.

–¿Eso no debería ser una pregunta en vez de una afirmación? –inquirió ella.

Alexei le hizo caso omiso y sacó un sobre de su bolsillo.

–Me han pedido que te dé esto. Es una invitación para la boda de mis padres. Será pequeña y privada. Mi madre me ha dicho que puedes ser una invitada o, si lo prefieres, ir como periodista para informar sobre la ceremonia y hacer fotografías. Supongo que a tu jefe le encantaría.

Ella sonrió feliz.

–Sí, Ross estará encantado, pero no pienses en él. ¿Qué prefieres tú, Alex?

Él le dio un beso rápido en los labios.

–Es tu decisión, *kardia mou*. ¿Has visto qué bueno soy? Creo que me merezco una recompensa.

–¿Sí? ¿Tú crees? ¿Y qué es lo que quieres?

Sus ojos oscuros la miraron con ternura.

–Pareces cansada –le dijo Alexei–. Tienes ojeras bajo tus bellos ojos.

–No he dormido mucho desde que te vi por última vez –admitió ella–. Y, como puedes ver, no esperaba compañía esta noche –añadió mostrándole la bata.

Alexei se acercó de nuevo a ella para tomarla en sus brazos.

–Yo tampoco he dormido mucho –le susurró con deseo–. Y tengo la cura perfecta para eso.

Eleanor se olvidó por una vez de su timidez.

–Si para esa cura necesitas una cama, tengo una muy grande en mi habitación. Si la compartes conmigo, puede que por fin consigamos dormir.

–No hay nada que desee más, pero... –murmuró Alexei–. Pero sabes que, si compartimos una cama, voy a querer algo más que dormir, ¿no?

Se acercó un poco más a él.

–La verdad es que contaba con eso.

Mucho más tarde, después de una reunión tan apasionada que los dejó a los dos sin aliento, Alex la miró muy serio a los ojos.

–Ahora tenemos que hablar, *kyria*.

–¿Sobre qué?

–Sobre el futuro. Crees que nuestras vidas son muy distintas porque yo viajo mucho. Pero, para mí, la solución es simple. Te gusta viajar, así que ven conmigo. Como mi amante, mi compañera y tal vez un día, si consigo convencerte, como mi esposa.

«Ahora mismo, si tú quieres», pensó ella.

Deseaba decirle que sí, pero antes quería tener las cosas muy claras.

–No sé, Alexei. Creo que lo más sensato es seguir adelante con nuestras vidas. Me gustaría que vinieras a verme de vez en cuando y nos pudiéramos conocer mejor aquí, en el mundo real, lejos del entorno mágico e irreal de Kyrkiros.

–Si eso es lo que quieres, lo haré, pero no por mucho tiempo –le dijo Alexei abrazándola contra su pecho–. Lo único que entristece ahora mismo la felicidad de mis padres es haber desperdiciado tantos años y me han aconsejado que no repita su error.

–Bueno, ¿qué te parece un año?

Él negó con la cabeza.

–No, mejor seis semanas.

–Seis meses –negoció ella.

–Tres meses, como mucho tres meses –le dijo Alex dándole un apasionado beso en los labios–. Y mañana iremos a ver a tus padres, ¿de acuerdo?

–Mañana trabajo.

Además, sabía que su madre iba a necesitar un poco de preparación. Tenía que hablarles de Alexei antes de presentárselo.

–También tengo que trabajar este fin de semana, pero intentaré cambiar mi turno con un compañero. ¿Cuándo te vas?

–Mi vuelo sale el lunes. Dile a McLean que necesitas tiempo libre. O, si quieres, le llamo y se lo digo yo. Podemos ir a ver a tus padres el sábado y conducir hasta Berkshire para ver a mi madre el domingo –le dijo Alex con una gran sonrisa–. Así es como será nuestra vida, *glykia mou*. ¿Has cambiado de opinión sobre mí?

–No, claro que no.

–Entonces, ¿por qué me estás haciendo esperar tanto tiempo?

Era difícil pensar en un motivo para negarse mientras Alex la besaba de nuevo.

–Si necesito un poco más de tiempo es porque esto sigue siendo irreal para mí, Alexei Drakos.

–¿Tienes que estar segura de tus sentimientos antes de comprometerte conmigo? –le preguntó él.

Ella respiró profundamente antes de darle una contestación.

–No, estoy completamente segura de mis sentimientos. Tengo que estar segura de los tuyos.

La sonrisa de Alexei la deslumbró.

–Te quiero, *kardia mou*.

Vio que se quedaba muy serio nada más decirlo.

–¿Qué pasa? –le preguntó ella.

–Es la primera vez que le digo esas palabras a una mujer.

–Entonces, no me extraña que parecieras tan sorprendido.

Vio que Alexei la miraba expectante.

–Estoy esperando –le dijo atrapándola en sus brazos–. ¡Dímelo! No te soltaré hasta que lo hagas.

–Por supuesto que te quiero, Alexei Drakos –dijo ella riendo y llorando al mismo tiempo–. Pero no hace falta que me sueltes. Puedes seguir abrazándome si quieres.

–Durante el resto de mi vida –le aseguró él besando sus lágrimas.

Se echó a reír al ver que sacaba su teléfono y se lo daba.

–Llama a tu amigo Pat y dile que no te he hecho nada. Después, llamaremos a tus padres y a los míos. Mi padre está deseando saber si hemos arreglado las cosas entre nosotros. Y después...

–¿Después qué?

–Después tendré que comer algo, estoy desfallecido. Porque, si te abrazo de nuevo, ya sabes qué va a pasar. Además, ya es hora de que vea qué tal cocinas.

–¿Y qué obtengo yo a cambio?

–Cualquier cosa que tu corazón desee. Y espero que sea lo mismo que deseo yo también.

Ella sonrió al oírlo.

–¿No estarás hablando en realidad de lo que desea tu cuerpo, Alexei Drakos?

–Nuestros corazones, almas y cuerpos –le aseguró Alexei–. Para siempre y hasta que la muerte nos separe.

**La había hecho derretirse por dentro...
antes de destrozarle el corazón**

La famosa organizadora de bodas Avery Scott no debería sorprenderse de que su último cliente fuese el príncipe de Zubran. Decidida a no hacer caso del encanto letal de Malik, hizo una lista de cosas que tenía que tener en cuenta:

1. No era la prometida de Malik y su relación tenía que ser estrictamente profesional.

2. La novia que le habían buscado a él podría haber huido, pero para los reyes de Zubran el deber siempre era lo primero.

3. Por muy lujosa que fuese la tienda de campaña beduina y por muy ardiente que fuese la pasión, el orgullo le prohibía el contacto que ella anhelaba.

En un mundo de jeques

Sarah Morgan

Acepte 2 de nuestras mejores novelas de amor GRATIS

¡Y reciba un regalo sorpresa!

Perdiendo el corazón

JENNIFER LEWIS

Con negocios que conquistar en Singapur y una herencia centenaria que mantener en Escocia, al inversor James Drummond no le eran extraños los retos. Pero hacer suya a la misteriosa Fiona Lam era un reto muy arriesgado. Cuando le ofreció la luna y las estrellas, Fiona respondió con una proposición inesperada: una apuesta. Para ella, ganar una carrera de caballos contra James Drummond era la única oportunidad de recuperar la empresa y el honor perdido de su padre. Seducir a James solo era un medio para conseguir un fin… hasta que terminaron en la cama.

Una apuesta temeraria

¡YA EN TU PUNTO DE VENTA!

**Tras su máscara de frialdad se escondía una mujer
ardiente y apasionada**

Miller Jacobs sabía que alcanzar el éxito profesional costaba mucho esfuerzo, pero el trabajo no le asustaba. Sin embargo, su habilidad para los negocios no podía ayudarle a encontrar la solución a un problema que acababa de presentársele: encontrar un novio para un fin de semana de trabajo en casa de un posible cliente muy importante.

Valentino Ventura, corredor de coches de fama internacional, era todo lo contrario a Miller. A pesar de ello, ayudar a Miller a desinhibirse resultaba ser una tentación a la que era difícil resistirse.

Farsa placentera

Michelle Conder